文芸社セレクション

放課後モノクローム

神元 佑仁
KOMOTO Yuji

文芸社

目次

放課後モノクローム

廊下はモノクロームだった。ぼく以外の生徒は誰も見当たらない。夕日の差し込む廊下は色彩が剝落しており、時間の凍結したその廊下は、完璧なるモノクロームだった。

「貘が出たね」

ぼくはつぶやいた。先ほどまでの正常空間の中でなら、独り言となるしかないそのつぶやき。

「上階だよ。誰かの夢が喰われている」

傍らには、言葉を解する猫の霊。わが魂の愛猫。猫は九つの魂を持つという言い伝えからとって、九重と呼んでいる。重ね合わされた魂。その中のみそっかす、引き立て役の魂が九重。このモノクロームの空間も、現し世と彼岸の重なりの境い目にある、廃棄領域だ。

「それじゃあ、階段を上らなくちゃな。嫌だな。なにかが待ってそうだ」

「きみがそう思うなら、なにかが待っているのだろうよ」

九重は、恐怖を抱くなと警告している。廃棄領域では、恐怖は実体化する。ぼくの余計な物思いが、また新たに怪物を増やしたというわけだ。

モノクロームの廊下を、ぼくらは歩く。白黒の校舎は、余計な色彩も喧騒もなくて、とても居心地がいい。その空間を消去するために、ぼくらは動かねばならないわけだが。でも、死刑執行人が死刑囚を愛しても別にかまわないだろう。

　階段の手前で、ぼくはトイレに入る。

「用でも足すのかい？」

「鏡を見たかっただけさ」

　トイレの手洗い場にある鏡を眺めると、やはりぼくも九重も映らない。上等だ。ぼくも正常空間にはいながらにしていない。ここにしかいられない存在。魂の写しの写し。劣化コピーだ。

　自分の存在の稀薄さを実感すると、勇気がわいてくる。廃棄領域はぼくの庭だ。ぼくが生きられる唯一の場だ。

「さて、行きますか」

　ぼくはぼくの生きられる空間を破壊するために、階段へと向かった。

　階段は、踊り場を挟んで折り返している。どう見ても危険な場所だ。曲がり角は、世界の転換を促す結節点だ。階段の踊り場も、また。

　一段目、ぼくは足をかけた。音はない。モノクロームに包まれた校舎は、人声もなく、とても静かだ。二段目、三段目。なにも起こらない。

　踊り場にたどり着く。血だまりが点々と。黒く踊り場を染めている。

「九重、先に上っておいてくれ」

「きみが死ねば、俺も無事では済まないだろうよ」

「わかってるよ。死にはしないさ」

九重は、素早く階段をかけ上った。

階段の踊り場には、ぼくひとり。魂の出来損ないであり、正常空間を生きるぼくの深層ですら生存権を持てない、ぼくひとり。

敵は、上から来た。天井にへばりついていた、巨大なアシダカグモのような黒い影が落下してくる。

ぼくはポケットから釘を出して、影の中心部、果実の核のような繊細な秘所に突き刺した。影は釘の先にかけらをこびりつかせただけで、落下の勢いのままに溶け去っていった。

「ぼくの恐怖も、こんなものか。拍子抜けだな」

階段を上り、うずくまるようにして待っていた九重と合流する。

「この先の教室だよ」

九重に案内されながら、ぼくはモノクロームの廊下を歩く。無人の廃棄領域を攻略していく。こころ躍るピクニックだ。たとえもう少しで、ぼくたちの存在が終わるとしても。

教室の扉を開ける。教卓の上に貘が鎮座ましまして、見えないなにかにむしゃぶりついている。アリクイのようにずんぐりした、欲深い悪魔。

「あの位置は、生徒ではなく教師の夢を食べているのか」

「そうなるね。珍しいパターンだよ」

そう言って、九重は手近な机に跳び乗り、貘を見つめる。

貘が咀嚼の動きを止めた。なにかに感づいたように、辺りをうかがう。しかしぼくらを見つけられない。貘のいる廃棄領域と、ぼくたちのいる廃棄領域は、位相がずれている。ほんの少し重なっているだけ。それを貫く、九重の視線が、貘を実体化させ、ぼくにも観測を可能にしている。

「バイバイ、夢に寄生する悪魔。あの世でいい夢みなよ」

貘の眼をぼくは釘で刺した。黒い血がしたたり、叫びにならない叫びをあげて、貘は溶けていった。

「さあ、これできみもお役御免だな。まもなくこの廃棄領域も崩れ去り、きみも俺も消えるだろう。また新たな貘が現れるまでは」

机から跳び降りて、九重は教室の扉まで、俊敏にかけていった。そこで振り返り、ぼくを見つめた。

「俺は残りの時間、ネズミでも探しにいくよ。きみはどうする？」

「そうだな……窓から外でも眺めてるよ」

「ふうん。好きにしな」

そう言って、九重は教室を出ていった。

ぼくは誰の席だかわからない窓際の椅子に座り、外を眺めながら待つことにした。

モノクロームの空が裂けていく。モノクロームの夕日が墜ちていく。モノクロームの木々が風に揺れながら死んでいく。

ぼくはなぜだか微笑んでいた。もうすぐこの世界も終わる。もうすぐぼくの生も終わる。目覚めるときは、また新たな廃棄領域、また新たな終わりの世界だ。そんな刹那の終末しか与えられなくとも、人生はこれほど楽しいし、これほどに美しい風景を見ることができるのだ。

モノクロームの廃棄領域で、空間もろともに死のうとしながら、窓辺でぼくは、鼻歌でも歌いたいような上機嫌のまま、崩壊の景色を眺めつづけた。

踏切エンドロール

踏切を挟んで、千景という名の女の子が見える。わたしそっくりの双子の妹。わたしの鏡像。わが半身。

「次の列車が来るわ」

千景が予言者のように言う。その言葉どおり、カンカンカンカンと、等間隔のリズムを刻む音が闇夜に響き、遮断機が下り始める。

「生き残るわよ、三玲」

どちらが姉だかわからないような口ぶりで、千景はそうやって励ましの言葉をかけてくれる。

「あなたもね、千景」

そう返事を返すわたしの声は、千景とそっくりの声なのだろう。でも他人が聞く声と、自分で聞く声が同じには聞こえないように、わたしには千景の声の方が優しく聞こえる。

千景はにっこりと微笑んだ。その笑顔を、超特急でやって来た長い長い列車が、かき消してしまう。灯りの点った列車の窓から、すし詰めの死者たちの戸惑い顔がちらりと見える。

わたしは後ろを振り返り、踏切に背を向けた。カンカンカンカンという踏切の音と、ガタンゴトンガタンゴトンという列車の音が、いつ果てるともなく続いているあいだ、わたしたちは門番として、ここを守らなければならない。

前方から敵が来る。ぽつりぽつりと街灯に照らされた薄暗い夜道を、ハッ、ハッ、ハッ、という物欲しそうな息遣いをしながらかけてくる。死者の魂に群がろうとする、三体の駄犬。わたしたちがケルベロスと呼んでいる、三位一体の、魂を穢す悪霊ども。

わたしは弓を構えた。矢をつがえる必要はない。標的に向けて弓を引き絞り、弦を離せば、やつらに死という結果が放たれる。

まずは、向かって左の犬。わたしの放った死は命中し、駄犬の頭蓋が四散する。頭を失いながら、走ってきた勢いのままに数歩すすみ、たたらを踏んで、道に転がった。

矢継ぎ早に死を放ち、真ん中の犬も仕留める。

最後に残された犬が、仲間の死に動揺したように、警戒するように、走ることをやめて立ち止まった。それならそれでかまわない。走っていようが止まっていようが、殺すことに変わりはない。

わたしは冷酷無慈悲な狙撃手として、三体目に死を放ち、お仲間の後を追わせた。

夜道にケルベロスの死骸が転がり、街灯に照らされながら、早くもそれらは塵になっていく。

カンカンカンカン。ガタンゴトンガタンゴトン。殺戮の後のわずかなひととき、列車が通り終わるのを待つあいだ、わたしは少しだけその走狗（そうく）どもを哀れに思う。でもそれも束の間のことだ。この残酷な世界では、わたしは自身と妹にしか、優しさを注ごうとは思わない。

やがて列車は通り過ぎて、鳴り響いていた音はやんだ。

わたしは振り返る。遮断機が上がる。踏切を挟んで、わたしの妹、わたしの鏡像、わが半身、千景も同じようにこちらに振り向いて微笑んだ。

「こんばんは、三玲。また無事に生き残ることができたわね」

「こんばんは、千景。またひとつ死を乗り越えたわね」

わたしたちは、そっくりな声で言葉を交わし、そっくりな顔で微笑みを交わす。次の列車が来るまでの、しばしの幕間（まくあい）。

「ねえ、千景。もしも、この戦いが終わるときが来たら……なにをして遊ぼうか」

わたしの言葉に、千景はぽかんとした表情を浮かべる。

「遊ぶ？」

「ええ、そうよ。わたしたち、戦ってばかりの日々で、そんな余裕もなかったから」

「どうかしら……そんなこと、考えたこともなかったわ」

考えたこともない、と千景は言う。それは、遊ぶということについてか。それとも、この戦いが終わるということについてか。

「戦うためだけに生まれただなんて、少し寂しいじゃない。わたしは、命は遊ぶために生まれてくるんだって、そう考える方が好きだな」

千景はそれを聞いて、くすくすと笑った。

「三玲は、ロマンチストなのね」

やはりどちらが姉であるかわからないような口ぶりで、千景は言う。わたしを慈しむような、わたしそっくりの、しかしわたしよりもよほど優しそうに思える、その眼差し。

カンカンカンカン、と踏切が警報を鳴らし始める。遮断機が下りる。

「生き残るわよ、三玲」

「あなたもね、千景」

そうやって、わたしたちは、何度目になるかわからないお別れの挨拶を交わし、二人のあいだを、死者たちを満載した列車が阻む。

ガタンゴトンガタンゴトン。ガタンゴトンガタンゴトン。

名残惜しくもわたしは振り返り、踏切に背を向け、街灯に照らされた夜道をやってくるケルベロスに、不退転の決意を抱いて対峙する。

二匹の犬が、ぴったりとくっつくようにして、こちらに並走してくる。もう一匹が、見えない。先頭の二匹を盾にしている。

「少しは知恵をまわした手合いか」

わたしは弓を構えて死を連射し、その肉弾とも盾ともいえる二匹を葬った。陰に隠れていた残りの一匹は、盾を失うと、機敏に跳躍した。わたしの放った死をかわし、着地したと思いきや、ジグザグに動いて照準を乱しながら、近づいてくる。速い。

肉薄するすばしっこい獣に、わたしは内心冷や汗をかく。だが、恐慌を来してはならない。冷静さを失えば、わたしの命は終わる。

わたしが放った死をまたもかわして、その駄犬は勝ち誇ったように大口を開けて、よだれを垂らしながら、跳びかかってきた。

わたしは弓を捨て、腰に差していた小刀を抜き、そのぱっくりと開いた駄犬の口に思いきり腕ごと突っ込んでやった。

脳天を串刺しにされた獣は、動きを止めたかと思うと、最期にじたばたと暴れて痙攣し、ぐったりとうなだれ、やがて塵となった。

ふう、とわたしは安堵の息をつく。小刀をまた腰に差して、弓を拾う。

カンカンカンカン。ガタンゴトンガタンゴトン。

列車が通り過ぎて、音がやんだ。わたしは踏切の方に振り返る。遮断機が上がる。

わたしの最愛の妹、わたしの鏡像、わが半身、千景の笑顔が見当たらない。

「……千景」

遠く、踏切の向こう、街灯に照らされた夜道を、一匹の犬がなにかを引きずりながら遠ざかっていく。わたしと眼が合い、勝ち誇ったように、耳ざわりな遠吠えをあげた。

千景は、ケルベロスに敗れてしまったのだ。

「さようなら千景。わたしの妹、わたしの鏡像、わが半身」

わたしは殺された千景を見送った。千景はわたしよりも優しいから。きっと、獣を殺すことを、こころのどこかで躊躇してしまったのだろう。

だが、千景は死んだが、まだ死んではいない。

「こんばんは、三玲」

「こんばんは、千景」

踏切の向こうに、新たな妹、新たな鏡像、新たなわが半身が現れていた。

千景はその名のとおりに、千の魂に分割された。いま殺されたのは、六百六十六人目の千景だ。

わたしたち双子を門番に任じた者は、千景の魂を千に分けて、わたしの魂を三つに分割した。

これは悪趣味な実験でもあった。量が勝つか、質が勝つか。わたしたちは、競わされてもいるのだ。千に分けられた千景はわたしよりも弱いが、数多くの死を繰り返すことが出来る。たった三人のわたしは、力では勝っても、数少ない死にしか耐え得ない。

そしてわたしは既に三代目だ。先代と先々代の三玲はとうに死んだ。わたしにはもう後がない。

「千景」

「なあに、三玲」

六百六十七人目の千景は、優しく微笑む。

「最後まで一緒に生き残りましょうね」

わたしの妹、わたしの鏡像、わが半身である千景は、相も変わらない笑顔で、穏やかにうなずく。

わたしはどうあがいても最後まで生き延びるつもりだ。たとえわたしの置かれた状況が、もう後のない崖っぷちであり、終わりの見えない絶望に閉ざされていても。わたしは絶対に諦めない。

この戦いが、永劫につづくとしても、わたしは死ぬまで諦めないだろう。

ケルベロスを使嗾する者たちにも、彼らなりの正義はあるのかもしれない。列車に乗せられた死者たちの素姓を、わたしは知らない。もしかしたら、どうしようもない汚濁にまみれた魂なのかもしれない。

だが、知ったことか。その死者たちの生の終わり——彼岸へと運ばれるまでのささやかなエンドロールを守るのが、わたしと千景に任された役割なのだ。

そうして、永劫にも思える戦いを、二人が最後まで生き抜いたあかつきに、わたしたちを門番に任じた神がしたり顔で現れたとしたら——神の顔面にわたしたちは唾を吐きかけ、そのクソみたいな父なる神を、二人がかりでブチ殺すのだ。そうしてわたしたちは二人きりのハッピーエンドを迎え、拍手喝采のエンドロールを眺めながら、初めての眠りを眠るだろう。

カンカンカンカン、と踏切が鳴り始めた。遮断機が下りる。踏切の向こうには、わたしの妹、わたしの鏡像、わが半身が微笑んでいる。

「生き残るわよ、千景」

「あなたもね、三玲」

わたしは神への殺意と妹への愛を胸に抱きながら、踏切を背にして、永劫に襲い来る絶望を待ち構えた。

夕立ちシリアルキラー

夕立ちが通りすぎた。今日もまた人が殺された。

マンションの高層階から落ちた女性が地面に叩きつけられ、粉砕骨折に悶えながら雨に打たれていると、黄色いレインコートをまとった男が通りかかり、女性の喉をナイフで一突き、速やかにとどめを刺した。

女性の落下が自殺か事故かは不明だが、その後の凶行は目撃されていた。

雨音をつんざいて響いた、骨と肉の不協和音。その不快な音を聞いた帰宅途中の高校生は、振り返ると、血を流しながらうめいている女性を視界におさめた。

視界に、黄色い影がフレームインする。

レインコートをまとい、フードをすっぽりとかぶって雨中を歩いてきたその黄色い男は、歩を緩めることもなく倒れている女性に近づき、落とし物を拾うようにかがんで、ポケットからナイフを出して突き刺した。

喉を貫かれた女性は、うめくことを止めた。若さの残るその生命も停止した。

ナイフを引き抜いた男は、女性の絶命を確かめる素振りも見せずに立ち上がり、殺人を目撃した高校生の横を通りすぎて、悠々と歩き去っていったという。

犯人の印象について問われた際、高校生は、「まるで決められた作業をこなしているみたいにスムーズでした」と、犯行の流麗さについてコメントを残した。

その発言は、正鵠を射ていた。

「これで四人目……。犯行時の天気はいつも、予報にもなかった夕立ち……。まるで、あらかじめ知っていたかのように」

「だから、知っていたのでしょう」

殺害現場を検分しながら、二人の男が話している。女性の死体は運び去られ、雨上がりの路上に、血の跡だけが残っていた。

「知っていた……ということは、この殺人ジャンキーは拡張意識の持ち主か」

「明らかに未来を予知しています。特A級の先進犯罪者ですね」

「厄介だな……」

片割れより年嵩の男は、ため息をついた。

「そんな突出した能力がありながら、やることとは無差別殺人か。宝の持ち腐れだな。もっと有用な使い道があるだろうに……」

「先輩だったら、どんなことに使いますか？」

「さあな。どうだろうな。俺にはありきたりな考えしか思い浮かばないよ。株とか競馬で金でも儲けるか。それか、人助けでもしてみるかね。もうすぐ事故に遭う不運な人とかを見つけてさ」

「正義の味方ってわけですか。こいつとは真逆の行為ですね」

「……いや。やっぱり、そんなに善人でもないか。あまりいい考えも浮かばないもんだな。未来を知ることなんてできても、凡人の手には余るよ。この犯人の心理なんて、俺には一ミリも理解できない」
「私は、彼がどのような人間か、少しだけわかる気がします」
「ほう。その少しってやつを聞かせてくれないか」
「彼は死人です。未来に価値のない死んだ世界を一人でさまよっている、虚ろな亡者です」

予知能力を持つと推測される先進犯罪者に対すべく、社会治安向上局は、十二名の特務隊員を派遣した。目的は標的の無力化。可能な場合は捕獲が望ましいが、そんな余裕などないことは、誰もが理解していた。隊員たちはみな、標的の抹殺だけに意識を集中する。

局の飼い慣らす予知能力者七人が、全力を振り絞り、やっとのことで標的の通る場所を予知した。特A級の先進犯罪者には精度で劣る、その合議制の予知によって、ランデブーポイントは交通量の少ない橋の上と決定された。

待ち伏せの時刻は夕方。雨の匂いのする、危険な時間帯だった。

十二名から成るその小部隊は、三手に別れて待機した。作戦はシンプル極まりない。殺人鬼が橋を通りかかったところを、三ヶ所から一斉射撃。回避の余地などない銃弾の嵐を叩き込み、問答無用で蜂の巣にしてしまう。

当然のように殺人鬼はそれを予知していたので、作戦は見事に失敗した。

雨が降りだした。夕立ちだ。黄昏時の橋梁を眼前にして待ち伏せる隊員の一人が、激しい雨滴の到来に、不快げに顔を歪めた。

彼の意識はそこで途絶えた。もう二度と目覚めることはない。

背後からの急襲に、側にいた三人の隊員は、仲間の死に動揺することもなく素早く反応した。遅かった。致命的に間に合わなかった。

何発かのあがくような銃声が響き、途絶えた。

三点のうちの一点は潰された。四人の特務隊員が瞬く間に血祭りにあげられた。残るは、八人。

残存する二点から、その一角に向けて銃撃が行われた。夕立ちにまみれながら、黄色い殺人鬼が疾走する。レインコートをはためかせながら、予知、予知、予知。すばしっこい猫のような、常人離れした動きで、銃弾の軌道をかいくぐり続ける。この戦いに備え、彼は薬物注射によって肉体のリミッターをぶち壊していた。跳梁する、夕ガの外れたけだもの。

殺人鬼の拡張意識は今日も絶好調だった。奴らの次の動きが、手に取るようにわかる。雨粒の一滴一滴が、どこに落ちるのかもわかる。奴らから吹き出た美しい血が、雨にまざろうとするその軌跡もわかる。

刺して、刺して、刺して、刺す。防護服の隙間を通し、あるいは露出せざるを得ない瞬間を誘い、急所をナイフで刺し貫いていく。

二点目が陥落。都合八人を仕留めた。残るは、四人。

夕立ちの中を猛進してくる黄色い殺意を前にして、特務隊員たちの冷静さは跡形もなかった。パニックが残存部隊を襲った。

パニックは、場合によっては予知能力者に対する有効策ともなり得る。恐慌を来した人間の見せる支離滅裂な行動が、未来を震えさせるのだ。局の飼い慣らす予知能力者程度なら、それで十分に殺せただろう。

先進犯罪者たる夕立ちの殺人鬼には、十分ではなかった。残るは、零人。

逢魔が時の殺戮は完了した。ほどなくして、雨は止んだ。

「皆殺しか……。ひどいもんだな」

特務隊員たちの死体がそこここに散らばる雨上がりの惨状を前にして、年嵩の男は疲れたようにため息をついた。

「獰猛(どうもう)な先進犯罪者だ。だから、無謀だったたんだ。十二人なんて小編成をぶつけたところでどうなる。無駄死にじゃないか。局はなにを考えているんだ」

「先輩だったら、どうしますか。ミサイルでも撃ち込みますか」

年嵩の男は、怒りを込めた眼で片割れを睨みつけた。

「ああ、そっちの方がよほど賢明だろうよ。予知能力者なんて、粉々になってくたばればいい。子飼いの役立たずどもも、ついでにくたばればいい」

「その役立たずどもからの報告です。〝作戦の失敗を予知。速やかに撤退せよ〟。先ほど届いたメッセージです」

「……頭わいてんのか、あいつら。わいてるんだろうな。だから、予知なんてけったくそ悪い戯言をぬかしやがるんだ。終わった後に届く予知なんて、予知じゃねーだろ。単なる負け惜しみだ」

「確かにそうですね」

年若い方の男はそう言ってから、片膝をついて眼を閉じ、犠牲になった隊員たちを悼んで、しばし黙禱した。年嵩の男もそれに倣う。

祈りを終えてから立ち上がり、片割れはつぶやいた。

「確かに負けたのはわれわれですが、やつもまた、勝ったわけではありません」

「……どういう意味だ、そりゃ？」

「これは狼煙(のろし)です。彼らの死は無駄死にですが、必要な無駄死にです。無意味な大量死が起きないと、彼は動いてくれないようですから」

「彼？　彼って誰のことだ」

「猫のように気まぐれな、殺人鬼キラーですよ」

　年若い男は目を細めた。

「きっと、やつも無事ではすまないでしょう」


　その通りだった。翌朝になって、夕立ちシリアルキラーは死体となって発見された。ランデブーポイントとは別の橋で、脳漿をぶち撒けて倒れていた。黄色いレインコートは血に染まりすっかり汚れて、罪人（つみびと）の魂のように見る影もなかった。


　十二人を殺し終えた彼は、薬物による火照りが冷めていくのを感じながら、暗い夜道を歩いていた。雨が上がってもレインコートを着たまま、あてどもなくうろついていた。

　彼のこころは満たされなかった。あらかじめわかっていたことではあった。自分を満足させてくれるものなど、この世にはなにもない。彼には生きる実感がなかった。

　物心ついたころから、他人がなにを言うか、どう動くか、それに自分がどう返事をするか、どう反応するか、すべての結果が、未来がわかってしまう。いや、未来がわかるという言い方は正しいのかどうか。これは本当に未来なのか。彼の狂気が生み出した妄想ではないのか。とはいえ、世界は常にその妄想と違わずに動いていた。そして、それをなぞるだけという、作業としての生存しか彼には許されていなかった。難易度の低すぎるゲームをやっているようなものだ。懇切丁寧なチュートリアルに従えば、絶対にクリアすることができる。ただし、なんの歯応えも、達成感も得られない。どんな喜びも訪れない。

予知能力というものは、矛盾と錯誤に満ちている。確定された未来などないはずだ。予知によって行動を変えて、それで容易く結果が変わるのなら、そんな揺れ動く不確かな未来をどうやって観測すればいいのか。分岐した未来はねずみ算式に増えて、数えきれないほど膨大になってしまう。それは結局、未来はなにもわからないという地点へ、逆戻りするだけではないか。

彼は笑った。笑うということを予知して、可笑しいという実感もないままに、予知をなぞるようにして笑った。

彼の拡張意識は、その数えきれなく分岐する、宇宙のように広大無辺な未来を覗くことができた。テレビを見ながらパソコンを眺めつつケータイを覗く、というような、現代人の慌ただしい情報摂取を、さらに複雑化したような在り方。複数のモニター。複数の景色。

彼は夜空を見上げた。彼はいま現在の夜空を見ることができるが、同時にあらゆる未来の青空を、曇り空を、秋空を、その空を翔ける鳥たちを、その空から降りそそぐ夕立ちを、重ね合わせながら認識している。

そうして彼自身の未来も。死に至るまで、たどることができる。未来の彼はさまざまな死に方をしていた。穏やかな死もあれば、惨たらしい死もあった。自殺だけに絞ってみても、何万通りではきかないような膨大な数だった。

果てしない分岐を一望しつつ、なぜ、一般的には幸福とされる未来ではなく、殺人鬼という後ろ暗い道をたどることを選んだのか、彼は考える。

特に理由はない、というのが彼の結論だった。ただ、わかりきった幸福をなぞるのも、わかりきった不幸をなぞるのも、どちらにせよ、他人事のように実感もなく無意味にしか感じられないのだから。スリルのありそうな、破滅的な未来を選んだというだけのこと。そしてもちろん、あらかじめわかっていた通り、スリルなど感じたことはない。だから、やっぱり、理由などないのだ。

彼には家も職もない。予知の洪水を眺めながら街を歩き、他人の家に忍び込んで飲み食いし、眠り、ぶらぶらとうろついているだけだ。友達はおろか、話し相手さえいない。名前はあるが、それを呼ぶものなどいないし、自分の意識に上ることも稀なので、ないのと同じだ。そんな生活をもう十年以上も続けている。

亡霊のような人生といえたが、どんな生き方を選んだところで、彼の実在感の稀薄さは変わらないだろう。気まぐれに始めた、殺人という罪業ですら、彼のこころを震わせてはくれなかった。これからもきっと、なにもない。なにもないということを、彼はもう知っている。

そうして、夜道を歩き続けた彼は、ひっそりとした橋に差しかかった。街灯に照らされながら、彼はまた笑う。笑うことを予知して、笑う。

本当に。自分は、なんのために生まれたんだろうな。

――その笑いが、凍りつく。すべてを先取りする彼の、予知していたはずの笑いが、予知を裏切るひきつり方をした。

彼の歩く先に。橋の真ん中に。待ちかまえていたように、人影が立っていた。彼の予知のどこにも見当たらなかった人物が、そこに立っていた。

足下の地面が崩れ落ちるような衝撃を、彼は生まれて初めて味わった。

「こんばんは、殺人鬼さん」

人影は、青いパーカーをまとって、片手にスポーツ用具を提げている、若い男だった。まだ高校生くらいに見える、幼さの残る顔立ちだ。

「……だ、だれ、だ、おまえ?」

殺人鬼は、何年かぶりに言葉を発したので、上手く声が出てこず、嗄(しわが)れたうめきのようなものにしかならなかった。

　いや、それよりも。いま、彼は、物心ついてから初めて、予知していなかった言葉を自分で喋っている。自分自身の声に、言葉に、驚きを禁じ得ない。なんだ、これは。なにが起きているんだ。

　先が見えない。相手が、自分が、次になにを言うのか、あらかじめ知ることができない。どんな反応が起こるのかわからない。

　それこそが〝普通の会話〟というものだったが、初めての経験に、彼は子犬のように怯えていた。

「親からもらった名前はあるけど。訊きたいのは多分、そういうことじゃないよね」

　青い人影は、涼しげな顔で返答する。

「同類みたいなものだよ。あなたの予知能力には劣るかもしれないけど、俺にも、ちょっとした能力があってね」

　同類？　殺人鬼はいよいよ混乱した。この世に、自分と同じような人間などいるのだろうか。彼にとっては火を見るよりも明らかな未来に、気づきもしない、盲目の集団。望んだわけでもない予知の怒濤に曝されて気が狂いそうな彼の気持ちなど、どうあがいても伝わらない、無痛の集団。それが、彼の軽蔑する、彼以外の人間というものではないのか。それが、殺したところでなんとも思わない、顔のない他人というもいく。

のではないのか。

「先に言っておくけど。俺は、死刑には反対なんだ」

殺人鬼の動揺などお構いなしに、パーカー姿の若者は、予知できない会話を続けていく。

「無力化した人間をわざわざ殺す意味がわからないし。殺人を執行するシステムなんて、おぞましいものとしか思えない。命というのはあまりにも貴重な賜物なんだ。殺すには惜しい」

「……だ、だからどうした……おまえが、なにをいいたいのか、ぼ、ぼくには、さっぱりわからない」

「殺人鬼なら、死刑の気持ち悪さくらい、わかってほしいものだけど。顔のない殺人っておぞましいと思わない？　もちろん、顔のある殺人もおぞましいけどね。あ、ごめん、これは無駄話」

予知の埒外にある男は、なにが可笑しいのか、くすくすと笑った。

「でもさ、認めざるを得ない殺人もあるかなって、俺もわかってはいるんだよ。悔しいことにね。たとえばさ、人質をとって立て籠った犯罪者がいたとして。その罪人が、銃だか刃物だかを突きつけて、いまにも無辜の人間を殺そうとしている。命の天秤が揺れ動くその瞬間に、人質を見殺しにしてでも犯罪者の命を守れ、とは俺には言えないよ。言える人もいるのかもしれないけど。そこが自分にとっては、博愛の限界と矛盾だな。殺人を止める殺人なら、認めてしまうってわけだ。命に優劣があることを、認めてしまうわけだ」

「……だから……お、おまえは、いったい、なにがいいたいんだ？」

「言いたいことは、シンプルなんだけどね」

青いパーカーをまとった不可解きわまりない若者は、黄色いレインコートをまとった残忍きわまりない殺人鬼を、じっと見つめる。

「あなたは、これからも人を殺し続けるだろうし。人から外れた能力の持ち主であるあなたの殺戮を、だれも止めることは出来ないようだし。つまり、あなたはいま、世界中の人間を人質にとった犯罪者ともいえるわけだし。だから——」

橋の真ん中に立っていたその男は、一歩、殺人鬼の方へと足を踏み出した。

「俺はあなたを殺すことにするよ」

その氷のような相手の一言で、殺人鬼は冷静さを取り戻した。こいつが何者であれ、つまりは、敵の一人に過ぎない。敵であるすべての他人の一人に過ぎない。彼に取り除かれることを待っている障害物でしかない。そう冷やかに認識すると、さっきまでは見えなかった未来が、分岐の景色が、いつのまにか見えるようになっていた。

見えるぞ。こいつの次にするあらゆる行動が。こいつの次にするあらゆる攻撃が。こいつのたどり着くあらゆるみじめな死に様が。

さっきまでの空白は、きっとなにかの間違いだろう。生涯一度きりの不覚だ。いまや不可解な薄靄は晴れて、彼の拡張意識は、すべての未来を既知のものにしている。

こいつは不意をつこうと突然走り出して右側からまわりこむように近づいてくるはずだ。あるいは飛び跳ねるような軽やかなステップで左側から迫ろうとするはずだ。あるいは、あるいは、あるいは――。

殺人鬼は笑う。笑うことを予知して、笑う。

どの未来が訪れたとしても、こいつの死という結末は見えている。だいたいなんだ、こいつが持っている得物は？　銃でさえいささかの脅威にもならなかったというのに、そんなもので自分を殺そうとしているだと？　これが笑わずにいられるだろうか。

予知していたはずの笑いであるにも関わらず、彼は本気で可笑しくて、心の底から笑っていた。それが初めての事態であることに、彼は気がつかなかった。

気がつく前に、次の衝撃が彼を襲った。

眼前の男は、右側にも左側にも動かず、真っすぐに、彼を目指して歩を進めてくるではないか。

あらゆる未来を予知していたはずなのに、そのなんてことのない相手の進路は、どこを探しても見えていなかった。すべてを先取りしていたはずの彼が、相手の行動の後に、事後的に、そのことに気がついた。

いいや、そんなはずはない。未来はいまも見えている。こいつの死も、今度の夕立ちに起こる自分の次なる殺人も、あらゆる分岐の最後に待っている自分の死も、変わらずに見えている。予知は正しく機能している。次の一歩で、こいつは左右のどちらかに踏み出すはずだ。

青い敵は、一足ごとに彼の予知を裏切る。ただ一直線に、彼の方へゆっくりと歩いてくる。

そんな馬鹿な。そんな馬鹿な。そんな馬鹿な。なんだ、これは。なんだ、この景色は。自分の知らない未来などないはずだ。自分が戸惑うことなどないはずだ。予知が裏切られることなどないはずだ。このままではまずい。このままではとてもまずい。動かなければ。予知になくても、とにかく動かなければ。

だが、彼の足は動こうとしなかった。既知の世界しか歩んだことのない彼には、未知に踏み出す勇気を持つことが、どうしても出来なかった。

一歩もそこから動けないままに、彼は、青い死神が目の前にまで近づいてしまうのを許してしまった。

その男は、片手にぶら下げていた得物を、両手でしっかりと握り直した。

「確定された未来なんてない。あなたが見ていたのは、ただの悪い夢だよ」

そう言って、足を踏ん張り、構える。

薄汚れた黄色いレインコートをまとっている予知能力者は、目前に迫る死を眺めながら、初めて、この世界を愛おしく感じた。もっと生きていたいと思った。自分の知らない未来を歩みたいと願った。不可知の人生に恋い焦がれた。初めて、魂の焼けつくような生きる実感を覚えた。

青いパーカーの若い男は、渾身の膂力（りょりょく）を込めた金属バットのフルスイングで、黄色いレインコートの殺人鬼の頭蓋を打ち砕き、悪い夢のような彼の人生を、そこで終わらせた。


「つつがなく死ねたようだね。なんて、羨ましい……」

脳漿をぶち撒けた死体を見下ろしながら、彼はつぶやく。

「俺は何度死んでも死ねなかったんだ。どういうわけか、因果の糸からは自由になれたけど。それでも死だけは与えてもらえなかった。世界から切り離されてるのは、俺もあなたと同じだよ」

聞くものなどいない夜闇に包まれた橋の上で、彼はぼそぼそと独白する。自身にしか通じない言葉で、死体に語りかけるように、彼と似た友達に語りかけるように、小声で話し続ける。

「死ねないから、暇つぶしに正義の味方をやることにしたんだ。世界から切り離された俺は、世界から切り離された殺人鬼の退治に向いているらしいから。どう思う？俺のやってることって、正義の味方じゃないのかな？」

なあ、と彼は、自分の殺した相手に問いかけるように、神に問いかけるように、静まり返った夜に問いかけた。

返答はなかった。街灯に照らされながら、黄色い殺人鬼を殺した青い殺人鬼は、血のこびりついた金属バットを手にして、虚ろな表情で立ちつくしていた。

埋葬リザレクション

死者を送る人々に涙はなかった。柩は粛々と運ばれていった。黒衣の人々は死の重量を感じながら、かつて生きていた者を運んでいた。柩を担いでいない人々も、なにやら暗い観念を背負ったように、架空の重力を支えていた。

葬列は橋を渡り川を越えた。霧深い夜だった。白く霞んだ闇のなかで、古めかしい街灯の光がぼんやりと行く手を示し、黒衣の人々の鏡像のような影を、石畳の道に投げかけた。壁にさしかかると、影は寝転ぶことをやめて立ち上がり、水平軸から垂直軸への自身の変化に戸惑ったように、伸び縮みしながら歩いていた。墓地はもう間近だった。葬列は、影の戸惑いなどよそに、迷うことなく、ためらうことなく、歩を進めていく。

厳めしい鉄格子の門を、葬列を先導する老人が開き、柩を運ぶ黒衣の人々は墓地へと踏み入った。乳白色の霧にまぎれて、かぐろい大蛇が、死者たちの臥所（ふしど）にひっそりと忍び込むような、猥褻な光景だった。

墓地の奥手には、すでに掘られた穴が待っていた。菓子を目にしてよだれをたらす、子どもの口のように純真な穴だった。

穴の求めるがままに、柩は降ろされた。担いでいた重荷から、葬列はようやく解放された。

老人が、かすれた声音で死者を弔った。

――早すぎた鳥の御子。遅すぎた使いの御子。斑（まだら）の羽根に伏して、安らかに眠れ。世の終わりまで。人の終わりまで……

　葬列はほっとひと息ついた。

　あとは柩を埋めて、大地が嚥下するに任せればいい。穴埋めのために、黒衣の人々から何人かが選ばれ、それぞれが鋤（すき）を手にする。みなが見守るなかで、土を柩にかけはじめる。そのときだった。

　どこからか、口笛の音が聞こえてきた。鋤を持った者たちは、作業の手を止め、顔を見合わせた。他の人々も、いぶかしげに周囲を見まわす。

　なおも深まってゆく霧を縫うように、口笛の音が流れてくる。細く震える音色で、淡い旋律を奏でていた。どこか懐かしいような響きだった。死出の伴奏としては、あまりにも人恋しさを募らせるようで、場違いなような、ふさわしいような、奇妙な楽音だった。

　やがて、消え入るように途絶えた。どこから流れてきたのか、だれが奏でていたのか、わからないままだった。夜闇と霧にすべては覆われていた。あらゆる音楽と同じように、儚い残響が去ってしまえば、音が鳴っていたというありふれた奇跡が、信じられないほどだった。

　鋤を持った人々は、作業を再開しようとした。恐ろしい音さえ聞こえなければ。

その音は、先ほどの口笛とは違い、出所がはっきりしていた。柩のなかから、うごめきが聞こえる。衣擦れのような気配が聞こえる。

黒衣の人々は、恐怖におののき、戸惑ったように老人の方を見る。白髪白髯の老人は、樹齢を重ねた古木のように皺だらけな顔を歪めて、厳しい表情で柩を見下ろしていた。

みしり、と柩が軋んだ。少しの間をおいて、柩の蓋が、紙のように裂き破られた。死んでいたはずの影が、冬眠から覚めた獣のように身を起こした。

穴埋めに従事していた人々は、みな鋤を放り投げ、恐怖の叫びをあげて、逃げ出した。取り囲むようにしていた黒衣の人々にも恐慌は感染し、蜘蛛の子を散らすように、葬列は墓地から雪崩をうって、霧のなかへとかき消えていった。

――なぜ、いま甦った？

ひとりその場に毅然と残り、穴を見下ろしていた老人が、苦々しげに問うた。

――暫定的に死ぬことに、おまえは同意したはずだ。報われない生を先送りにして、後の世に託すために。人が人ではなくなるような、遥かな未来に望みをかけて。

――音楽が……。音楽が、聞こえたんだ。

死者だったはずの影は、成長に戸惑う少年のような不安定な声で、つぶやくように答えた。

——音楽？　あの口笛のことか……。だから、どうしたというのだ。再臨の導きは、一度きりの奇跡だぞ。愚かな……。

——呼んでいるような気がしたんだ。望みなどないはずの現世に、一筋の光が差したような……。骸の奥底に、叫び返すものがある。なにかに求められている。運命の呼ぶ声がする。

——運命？　馬鹿なことを……。もうおまえは、死を騙すことはできない。われわれのように老いて朽ちて死ぬか、怯えた人々になぶり殺されることだろう。外れたおまえには、この世のどこにも居場所などないというのに……。

——あなたの優しさを無下にしたのは、申し訳なく思っているよ。でも、胸に芽生えた好奇心は、自分でも消せないんだ。ぼくはこの世に、もういちど生まれてみるよ。

——好きにするといい……。

諦めたように老人は言って、白髪白髯の面（おもて）を伏せた。

穴の底から、埋葬されるはずだった影は、外界へと這いずりでてきた。

その姿は人間ではなかった。漆黒と純白がまだらになった羽根に、身体はびっしりとおおわれている。たおやかな手には、鋭いかぎ爪。骨張った足は、いびつな屈曲によってねじくれた末に、大地を踏みしめている。そして、玻璃のようにつぶらに輝く眼を持つ頭は、まごうかたなく鳥の形をしていた。

――なぜ、天使様は鴉の誘惑などに……。

老人がなおも独語する囁き声をあとにして、葬られるはずだった、呪われたまぐわいによる忌み子は、墓地の黒い門を開き、白い霧の降りる、先行きの見透せない晦冥へと、足を踏み出した。夜はいつまで続くかわからなかった。

――あの口笛は、どこから来たのだろう……。あの音楽は、なぜ死せる者を呼び戻したのだろう……。

だれからの愛も期待できなかったが、生きてみようと思った。

探偵チェックメイト

廃棄されたビルの一室で、私は彼の痕跡を発見した。間違いない。彼はここに潜伏していたようだ。

ひと通り調査を終えると、私はその場を立ち去り、しばらく歩いてから、探偵事務所の方へと向かうバスに乗った。

吊革を握って揺られていると、座席に座った女子高生が、ちらちらとこちらをうかがっているのがわかった。やがて、その娘は意を決したように立ち上がると、私に話しかけてきた。

「おばあさん、どうぞ。この席、座っていいですよ」

そう言って、席を譲ってくれた。反論するのも面倒だし、せっかくの親切心を無下にもしたくなかったので、ありがとう、と礼を述べて、私は譲られた席におとなしく座った。

女子高生は、満足そうに微笑んでいた。

こう見えてもまだ二十五歳だけどね、と私が伝えたとしたら、彼女は驚くだろうか。冗談だと思って笑い飛ばすだろうか。

でも、それは真実なのだ。私は白髪を頭に戴き、年輪を刻んだ樹木のように皺だらけだが、実年齢は二十五歳、たった四半世紀しか生きていないのだ。私は〝おばあさん〟ではなかった。少なくとも、容姿を除けば。

しかし、私はそんな事実はおくびにも出さずに座ったまま、黙ってバスに揺られていた。

バス停でバスが止まった。私に席を譲った女子高生は、ここで降りるのだろう、扉へと歩いていき、そこで振り返って、私に向かって会釈した。

私はいかにも鷹揚な老婆らしく、微笑みながらうなずいた。

その反応を見た女子高生は、にっこりと素敵な笑みを残して、バスを降り、姿を消した。

どうか、私にはなかった華やかな未来が、優しい彼女の行く手にあらんことを。

私は疲れていた。とても疲れていた。仕事にも、人生にも。


固有時失調症、というのが、私が罹患している病の名前だ。ウェルナー症候群のような、早老症のひとつといえるだろう。とはいえ、社会的に広く認知されているとは言い難い、マイナーな（と、病を形容していいのかどうかわからないが）奇病だ。

とにかく、その病を患っているおかげで、私はまだ二十代であるにも関わらず、老人にしか見えない容貌をしている。総白髪、深い皺、曲がった背骨、硬い皮膚、骨張った手。幸いにも、と言うべきか、見かけのわりに、身体能力にそれほど衰えは見られない。普通の若者、と社会が規定している、健康な若者には劣るのかもしれないが、走ることも跳ぶことも可能だ。月経はない。倦怠感はあるが、おそらくそれは精神面からのものだろう。

固有時失調症とは十二のみぎりからの付き合いだ。その頃から、私は他の子どもたちと比べて、著しく早いスピードで老いさらばえていった。およそ十代の人間には見えず、親よりも年上に間違われるようになり、それと歩調を合わせるように、こころもひび割れていった。

その代わりといってはなんだが、いつしか私は、奇妙な能力を得ることになった。いまでは探偵なんて因果な商売に、その能力を活かすこともあるくらいだ。華のない、くたびれた女探偵といったところか。外見的にも、精神的にも、くたびれきっている。

能力の開花したきっかけが、病によるものだったとしても、この病気になってよかった、とは、私は金輪際思えないだろう。

私は事務所に戻ると、ソファーに腰を下ろし、ぐったりと背をもたれさせた。染みの目立つ天井を見上げながら、しばし息をつく。

十五分ほど、そうしてぼんやりと無為な時間を過ごしてから、私は重い腰をあげて、インスタントのコーヒーを淹れることにした。さほど喉が渇いているわけでもないが、コーヒーは休息の代名詞なのだ。温かな液体は、時間の経過に輪郭を与える。味にこだわりはないので、コーヒーでさえあればなんでもいい。安物の粉で十分だ。

お湯を沸かしているあいだに、コップに水を注いで、処方された錠剤を飲む。私は薬なしではいられない身体だ。一日に何錠も服用している。そんな状態ではあっても、特に健康に気を配っているとは言い難い。カフェインを頻繁に摂取してもかまわないのか、医師に尋ねたことはないし、ダメだと言われたとしても、コーヒーをやめることはないだろう。まあ、いまのところなにも言われていないのだから、大丈夫ではないかと楽観している。もしくは、どうでもいいと諦めている。薬を飲んで、大した間隔も置かずにコーヒーを飲むのは、オーケーなのだろうか？　オーケーではないかもしれないが、記憶力の衰えのせいにでもして、忘れておこう。もしくは、どうでもいいと諦めよう。人生の合間にコーヒーがあるのではなく、コーヒーの合間に人生があるのだ。

さて、そうしてコーヒーを淹れたカップをソファーの前のテーブルに運び、少しずつ口に含む。静かな午後だ。生きているという事実が不可思議に思えるほど、ゆっくりと内省的に時間が流れていく。

そんな時間はしばしば邪魔が入るのが鉄則であるとでもいうように、インターホンが鳴った。まあ、ここは探偵事務所なのだから、人がさっぱり来ないのも困りものではあるが。大方、例の依頼人だろう。

　ところが、扉を開けてみると、立っていたのは依頼人ではなく、近所に住んでいる小学生の女の子だった。

「こんにちは。おばあさん、チホちゃんは今日いますか？」

「チホかい？　今日は来ていないね」

「そうですか……。これ、お母さんと一緒に焼いたクッキー。チホちゃんにもあげようと思って。渡しておいてください」

　女の子はそう言って、水色のリボンが結ばれた、かわいらしい袋を掲げた。

「ありがとう。チホも喜ぶと思うよ」

　私は感謝しながら受け取った。チホはたしかに喜んでいる。

「それじゃあね、おばあさん。また遊ぼうって、チホちゃんによろしく言っておいてください」

「うん、またね」

　女の子が立ち去ると、私は扉を閉めて、ソファーへと戻った。さっそく袋を開けて、クッキーをいただくことにする。形は不揃いだが、ほんのりとした甘さは、コーヒーのお供として悪くない。

「本当に、ありがとう」

私は祈るようにひっそりとつぶやいて、孤独をかすかに温めた。

依頼人が来たのは、すっかり陽も落ちてからだった。手紙で報せてもらった刻限はとっくに過ぎている。

「遅れて申し訳ありません。もっと早くに来れるはずだったのですが……」

「かまいませんよ。そんなに忙しい身分でもないので。電話の許可を取るのも、煩わしいでしょうからね」

依頼人である、旧世代に属する年配の女性は、通信許可を持ち合わせていないので、電話の使用は制限されている。いくつかの条件を満たさなければ、彼女は電話をかけることができないのだ。

「それで、息子のことについて、なにかわかったことはあるでしょうか……？」

「あなたの息子さんは、廃ビルを一夜の塒にして、転々とさまよっているようです。それにどうも、だれかから逃げている――少なくとも、彼自身はそう信じているようです。こんなものを見つけました」

私は依頼人の息子が潜伏していたとおぼしい、廃ビルの一室で発見したくしゃくしゃの書き置きを、彼女に見せた。

その走り書きの内容は、こんなものだった。

〝助けてくれ　だれか助けてくれ　奴が来る　おれを消すために奴が来る　いつか必ず追いつかれる　既に決定されている　助けてくれ　これを読んだら助けてくれ　手紙でも書いていないと気が狂いそうだ　でも宛先が思い当たらない　声の届く相手が見当たらない　遺書のつもりはないんだ　まだ死にたくはないんだ　これを読んだら助けてくれ　だれか助けてくれ〟

「これは――」

「息子さんの筆跡かどうか、判別できますか？」

「ええ……。いえ、確証とまでは……」

「無理もないですね。非常に乱れた筆跡ですから。ずいぶんと追いつめられているようです」

はっきり言えば、錯乱している。とはいえ、その乱れ方には、大仰さも感じずにはいられなかった。芝居がかった救難信号……。文中にある、彼を追っている〝奴〟とは、本当に実在するのだろうか。被害妄想の産物か、なんらかの作為である可能性もある。そのまま素直には受け取れなかった。

そういった所見を、私は率直に依頼人に話した。依頼人は静かに耳を傾けていた。

「息子は……無事なのでしょうか……」

「残念ながら、いまの時点ではなんともわかりかねます。しかし、調査は続けますので、どうか結果をお待ちください。あなたの失踪した息子さんは、どうやら助けを求めている。間に合うかどうかは確言できませんが、その求めに、とにかくも応える者はいるべきでしょう」

　私の言葉は甚だ頼りないものだったが、依頼人の女性は、神妙にうなずいていた。

　私たちふたりはその後、失踪した彼の情報や、依頼料と成功報酬についてなど、いくつかの細々とした事柄の相談をした。

　ふと、依頼人は、個人的な興味にかられたように、こんな質問をしてきた。

「あの……つかぬことをおうかがいしますが、探偵というのは、なかなか大変なお仕事ではないでしょうか？」

「さあ、どうですかね。どんな仕事も、大変なところもあれば、気楽な部分もあるのではないですかね」

「でも、失礼かもしれませんが、その御年齢（おとし）で務めるには、なにかとご苦労の絶えない職業ではないですか？」

　私よりもずいぶん高齢である旧世代のその依頼人は、年長者をいたわるように、気づかわしげにそう言った。

私は私の持病について説明していなかった。探偵としての資質に疑念を呈されているのなら、気がすすまないながらも説明するにやぶさかではないが、この女性の場合は、ただ単に、若干の興味と心配を抱いているだけだ。

好奇心を持たれるのは、けっして珍しいことではない。老婆の探偵というのは、おおかたの人にとっては、ずいぶんと奇妙な存在に映るらしかった。実年齢は二十代だと口にすれば、なおさらのことで、宇宙人を見るような目を向けられるに違いない。

「まあ、仕事ですから」

言葉少なに、私はそう答えた。

この街には廃虚が多い。街は病んでいた。街は老いていた。街は衰退していた。〝赤い雪〟が降って以来、得体のしれない奇病は増加の一途をたどり、人心の荒廃はいや増すばかり。未来への明るい展望は皆無に等しく、鈍色(にびいろ)の閉塞感だけが、枯葉のように溜まっていく。

赤い雪が降ったのは、私が十二歳のときだ。その年は、固有時失調症を患った年でもある。忘れ得ようはずもない。

血のように赤い雪は、禍々(まがまが)しくも綺麗だった。魅入られたように私は空を見上げ、神の経血(けいけつ)のように降りそそぐ淡雪を、掌(てのひら)に受けた。雪は肌に触れると、染み入るように溶けた。

　そのころ私は子どもだった。そのころ私は少女だった。

いまの私は、子どもでも少女でもない。老人の身形(みなり)をした成人女性だ。でも私は時おり、子どもに戻り、少女に還る。これはけっして比喩ではない。

　赤い雪は、全世界的な現象だったとも聞く。本当かどうかは定かではない。情報は統制されているので、島の外のことは、ほとんどわからないのだ。そして、赤い雪の正体も、いまもってわからない。私はそれをこの眼で見た。私は幼く子どもで少女だった。

　病と衰弱をもたらした赤い雪。天が下した劫罰(ごうばつ)とも、外宇宙からの攻撃ともささやかれる赤い雪。私の正常なる時間を奪った赤い雪。

　想い出にいまも降りしきる。

　数日にわたる調査と聞き込みで、私はまた別の廃ビルに彼が潜伏していた痕跡を見つけたが、すでに立ち去った後のようだった。

　またも、走り書きが残されていた。今度は白い壁に直接書かれている。

〝殺される　俺が消されてしまう　奴が来る　奴が俺を消してしまう　奴が俺を抹消

して上書きしてしまう　奴が俺をバラバラにしてしまう　助けてくれ　助けてくれ
奴でも俺でもないだれかが俺を助けてくれ〟

私はそれを眺めながら、錠剤を口に入れ、ペットボトルの水を飲んだ。コーヒーはさすがに持ち歩いていない。

廃虚によくある落書きにしては、なかなかに情感がこもっている。悲痛ともいえた。

廃ビルの外に出て、私はしばらく周辺を歩きまわってみた。空気がかさついていた。道ばたに散らばったガラス片。放置された車両。壊れた信号機。何世代も前の選挙ポスター。相も変わらぬ、寂れた一角の寂れた風景だ。

その一角に、通信網に散らばる灯台のような、健気な電話ボックスを発見した。廃物ではなく、まだ生きている。その証拠に、電話ボックスの隣には詰め所があり、通信警護員が待機している。

「すみません。こちらの電話ボックスの利用者について、訊きたいことがあるのですが」

通信警護員は、うっとうしそうな目つきで私をじろじろと眺めた。

「……あのさ、おばあさん。暇つぶしなら余所でやってくれないかな。こっちも暇そうに見えるのかもしれないけど、おばあさんと違って、俺は仕事中なんだよ。それに、そういう情報は、みだりに教えちゃいけないことになってるの。わかる？」

「ええ、わかりますよ。ですが、こちらも仕事でして」

　私は素性を伝え、身分証を見せた。警護員はすぐに態度を改めた。

「指定調査員の方でしたか。失礼しました。なにをお望みでしょうか？」

「人を探していましてね。ここから程近い場所に、数日前まで潜んでいたのは確かなようです。そのあいだ、だれかに連絡を取ったとしたら、ここは手頃な位置にあります。電話使用者の記録を拝見させていただけると、助かるのですが……」

「了解しました。その前に、先ほどの身分証を、少しのあいだお借りしてもよろしいですか？」

「ええ、もちろん」

　警護員は私の身分証を、詰め所の奥にある、出来そこないのオルガンのような四角張った装置に差し込んだ。いっときの間を置いて、ピッ、という音と共に、緑色のランプが点灯した。照合はつつがなく完了したようだった。

　もしも正しく認証されなかったとしたら、どうなるのだろう。探偵を騙った、単なる情報漁色者が捕まったという話を聞いたこともある。その偽探偵がどうなったのか、私は知らない。情報におおいかぶさった霧の向こう側で、牢獄につながれているのかもしれないし、銃殺されたのかもしれない。

「確認しました。では、身分証をお返しします。こちらが、今月の使用者のリストです」

私は詰め所の椅子に座らせてもらってから、受け取ったリストをめくった。

通信許可を持った電話使用者は、匿名の自由をある程度は許されるので、市民番号と電話をかけた時刻しか記載されていない。ただ、三年ごとに更新される市民番号にはある特定のパターンが秘められており、指定調査員の多くは、数字の配列を眺めるだけで、おおよその年齢層と社会階級を読み取る技能を身につけている。

通信許可を持っていないが、緊急性、もしくは必要性を認められた電話使用者は、氏名、性別、年齢、職業、住所などなどが明け透けに記載されていた。

使用者側の素性の記録については、そういった差異が見られるが、どちらにせよ、かけた相手の電話番号は、隠されることもなく記載されていた。

私の探している男は、通信許可を持っている。ただ、偽の身分証を使っている可能性はもちろんある。彼がこの電話ボックスを使用したとしても、リストには別人としてしか表れていないかもしれない。

無駄かもしれないが、私は二十代後半の使用者と、相手の電話番号をメモすることにした。

「ご苦労さまです」

私がいそいそとメモをとっていると、どこかに姿を消したと思った通信警護員は、詰め所に戻ってきて、近所で買ってきたらしいミネラルウォーターを差し入れしてくれた。

「どうも」

私はありがたく頂戴した。どうせならコーヒーをくれ、コーヒーを、と内心でつぶやくが、まあ、それはわがままか。

「ああ、そうだ。あなたは毎日ここに詰めているのですか？」

「ええ、休日を除けば。交代が来るまでひたすら待ちつづけるのが主な業務です」

暇な仕事ですよ、と警護員は自虐的に笑った。

しかし、人気のない場所にある電話の通信警護員が、暴漢に襲われたという事件も時たま耳にする。暇ではあっても、気楽ではないのかもしれない。

「交代の警護員の方にも訊こうかと思っているのですけど。この男性、見かけませんでしたか？」

私は大して期待もせずに、探している男の写真を見せた。

「貸してください。…………ああ、見かけましたよ」

「えっ」

あっさりとした目撃情報に、私は思わず口を開けてしまった。

「いつですか?」

「二日前の夕方です。六時前だったかな……。利用者の特に少ない日だったので、よく覚えています」

私はリストをめくって、二日前の使用者を調べた。なるほど、たしかに、一七時四三分に電話をかけたという記録が残っている。夕方の使用者はその人物だけ。市民番号から読み取れる年齢層も、二十代後半。どうやら彼であるらしい。

「最初に訊いておけばよかった……」

私はため息をつくように独りごちた。メモ帳の数ページと、なけなしの時間を無駄にしてしまった。まあ、いいさ。無駄こそ人生だ。人生の八割は無駄でできている。残りの二割はコーヒーでできている。

「彼は、どんな様子でしたか?」

「そうですね。陰気な感じといいますか。暗い面持ちでやってきて、どこかに電話をかけて、立ち去りました。つまり、特別変わったところがあったというわけではないのです。ただ……」

警護員が、言いよどんだように言葉に詰まった。

「なにか?」

「いえ、つまらないことですから」

「些細なことでも、聞かせてもらえればありがたいです」

「うーん……なんというか、さっき見せてもらった写真よりも、もう少し女性的というか、線の細い印象がありました。どこか、ちぐはぐな雰囲気があって……」

「別人と取り違えている可能性が？」

「いえ、たしかに写真に映っている男だったと思うのですが。すみません、妙なことを言って」

「失踪者ですからね。多少やつれていても、不思議はないです」

私は彼の電話使用記録をメモして、その場を後にした。


彼がかけた電話番号を調べてみると、それは芳しからぬ評判の人材派遣事務所のものだった。ひらたくいえば、暴力請負業者の一味だ。物騒な雲行きだった。

さて、どうしたものかと思う。愚直に電話をかけて尋ねてみるか？　正直な返答はあまり期待できそうにないが……。

そもそも、彼はなぜそんなところに電話をかけたのだろう。危険な追跡者からかくまってもらうためだろうか。彼を殺そうとしている〝奴〟というのもまた、暴力を専門としている輩なのだろうか。

私はとりあえず、その事務所まで行ってみることにした。

潰れたショッピングモール跡地の隣に、その人材派遣事務所はあった。遠巻きに眺めてみると、入口に二人の男が陣取っている。一人は壁に寄りかかり、一人は段差に腰かけて、どちらもタバコを吸いながら、つまらなさそうになにか話している。

ガムテープで補修された割れ窓や、ひびの入った看板など、一見すると廃虚と大差ないような、荒涼とした風情が事務所には漂っていた。まあ、余所のことをとやかく言えるほど、うちの探偵事務所も立派ではないが。それでも、ある程度の品位は保つように、腐心しているつもりではある。

私の探している彼が、この事務所内にいる可能性はあるだろうか。荒事に自信はないので、そうなると困ったことになるかもしれない。いるということさえ突き止めれば、後は市警に頼むしかないか。

迂回するように歩いて、事務所の裏手にまわってみる。われながら不審な動きのように思えるので、目ざとい構成員がいたら、見つかってしまうかもしれない。そのときは、徘徊老人のふりでもして逃れるか。実際、その演技で何度か急場をしのいだことがある。

どこかの窓から彼の姿が見えたりしないかな、と虫のいい考えを抱く。私は長期的視野においては悲観主義者だが、短期的視野においては楽観主義者だ。

事務所の裏手は、退屈と退屈が手を取り合ってワルツを踊るような空き地だったが、裏口の前で、強面の男が数人の少年たちとボールを蹴りあって遊んでいた。

少年たちは、みなすりきれた服を着ていて、貧しさの影を引きずっている。貧民街の子どもだろう。とはいえその表情は快活で、楽しそうにボールに群がっていた。

少年たちと遊んでいる男も、ここの構成員であるのだろうが、いかつい風貌にどこかお人好しな側面が残っていた。

この人に尋ねてみるのはどうだろうか。

だが、暴力請負業者の人間は、指定調査員と聞くだけで毛嫌いする者も多い。一度つついて、態度を硬化させることになったら面倒だ。とりあえず、この男が子ども好きであることは間違いなさそうなので、ひとまずそちらから攻めてみるか。失敗したら、また改めて、探偵として尋ねてみよう。

私はその場をいったん離れ、目についたドラッグストアに入り、トイレを借りることにした。トイレの手洗い場には鏡があり、そこにはしわくちゃの老婆の顔が映っている。

その容貌では恋愛は無理ね、という伯母の言葉を思い出す。なにくれとなく世話を焼いてくれた、鈍感で無神経な、愛すべき伯母。私も同感だ。私自身、こんなややこしい存在を他人に押しつけたくはないし、だれかを求めようとも思わない。

私はトイレの個室に入り、鍵をかけた。壁にもたれて一息つき、眼を閉じる。

宇宙に投棄されたカプセルのように狭く仕切られた空間のなかで、私は独りきりだった。コーヒーが欲しくなるような、インスタントな安全地帯。

私は自らの病を思い出す。病をもたらした赤い雪を思い出す。それを見ていた少女で子どもだった私の身体感覚を思い出す。

瞼(まぶた)の裏の闇が赤く染まっていく。過去が血のように降りしきる。私の内なる時計の針が、狂ったように逆回転する。身体のうごめきを解放する。

やがて、針は止まった。私は眼を開けた。ゆっくりと腕を動かして、眼の前に手をかざす。柔らかみのある、幼さの残る手。ほっそりとした指先。

私は個室から外に出た。手洗い場の鏡を見る。そこに映るのはもう、〝おばあさん〟ではない。

白髪の兆候など一筋だに見出だせない黒髪。瞼の垂れ下がっていないくりくりした眼。枯れ木のようではないすべらかな肌。

十二歳の少女の顔が、そこには映っていた。

だけど私はもう十二歳ではない。少女の身形(みなり)をした、二十五歳の成人女性だ。

固有時失調症に罹患した私の肉体は、恒常的には老人の姿を保っているが、一時的になら、少女の姿に還ることができた。

　固有時失調症は、メタモルフォーゼ疾患の一例でもあるのだ。赤い雪の生んだ、幾多の奇病のひとつ。それが私の持病だった。

　背丈はさほど変わらないので、服装のサイズにはそれほど違和感はない。背骨の曲がった小柄な老婆が、大人ぶった少女に変わっただけだ。

　私はドラッグストアを出て、人材派遣事務所に引き返した。もういちど裏手の方にまわる。ちょうど、ボールで遊んでいた少年たちが、どこかへと駆けていくのにすれ違った。強面の男は、少年たちの背中を寂しそうに見送っていた。

　こちらと眼が合った。私はすり寄るように男に近づいて、あの、すみません、と声をかけた。

「なんだよ。おまえ、この辺の子どもじゃないだろ。女の子は、あんまりこんな界隈をうろつかない方がいいぞ」

「兄を探しているんです。大切な兄を」

　私は口から出任せでそんなことを言って、探している彼の特徴を話した。写真を見せるのは控えた。一応それは、探偵として尋ねる場合のためにとっておこう。

「ここに向かうのを見たって、そう言われたんです。私、兄が心配で……。なにか知りませんか？　お兄さんなら、優しそうだなって思って……」

「なんだよそれ。優しそう？　俺が？　弱そうに見えたってことじゃねーだろうな……」

強面の男はぶつぶつとそんな文句をつぶやいたが、私が泣きそうな顔でじっと見つめつづけていると、ため息をついて、しぶしぶ話し出した。

「……ああ、たしかにそんな奴なら、昨日うちに来たよ。俺の兄貴にキレられてた。わけのわからない電話をよこして、わけのわからないことを頼みやがるって、いまいましそうに愚痴ってた」

「本当ですか⁉　兄は、やっぱりここに……」

「おまえの兄ちゃん、頭がおかしいのか？　暴力は男の特権だとか、暴力を叩き込んでくれとか……。たしかに、あれはわけわかんねーわ。……しかし、ずいぶん歳の離れた兄ちゃんだな」

しまった。兄ではなく父親とでも言った方がよかっただろうか。いや、それもちょっと不自然なことになるか。なんにせよ、言い出したからにはそのまま乗り切ろう。スピード勝負だ。勢いが肝心なのだ。

「ええ、ひとまわり以上も離れているんですけど……。実は、母親は違うんです。でも、そんなこと気にもかけずにいっぱい遊んでくれて、お菓子を作るのを手伝ってくれたりもして、とても優しい兄なんです。少しおかしなところがあっても、私の大切な身内なんです。兄は、まだこちらに？」

「いいや、すぐ追っ払われたよ。ただ、えーと、どこだったかな……。ちょっと待ってろ」

そう言って、男は事務所の中に入っていった。

私は心細そうに震えている可憐な兄想いの少女の外面を保ちつつ、早くコーヒーが飲みたいという禁断症状のような渇きを抑えながら、立ちつくして待っていた。

ほどなくして強面の男が戻ってきた。

「ほら、これ。ゴミ箱にまだあった。頼んでもねーのに、こんな気持ち悪い書き置きを残していきやがった。暴力を恵んでくれる気になったら、だとよ。頭イっちまってるぞ、ありゃ。早く連れて帰ってやれ。危ないから、だれか大人を呼んでから行けよ」

男が渡してくれた紙片には、汚い地図が殴り書きされており、ある地点に矢印がのびていた。自分の所在地を示しているらしい。わかりづらくはあるが、共同墓地を表しているらしい墓標のマークが矢印の近くにあるので、場所の特定はなんとかなりそうだ。

紙を裏返してみると、ここにもメッセージが書かれていた。〝消えたくない〟。

「おい、なにやってんだよ。いつまで遊んでんだ」

　事務所の裏口からもうひとり、眼の下に隈のある、どことなくやにさがった面構えの男が顔を出して、強面の男を叱責した。

「わかった、わかった、わかったよ。もう遊ばねーよ、真面目にしてますよ」

「なんだ、その子どもは?」

「ああ……なんか、人を探してるんだってよ。もう用は済んだみたいだから、追っ払うよ。気にしないでくれ」

「ふうん……。けっこう、可愛い顔してるね。上物じゃん。その女の子、今度撮るビデオに出演させられないかな」

　強面の男は、表情を固くした。

「ビデオ? 正気かよ、おまえ。だって、まだガキじゃないか」

「ガキだから、需要があるんだよ」

　眼に隈のある男は、湿り気を帯びた眼つきで、私を頭からつま先までぎょろぎょろと眺めまわした。

　強面の男は、うんざりしたように首を振った。

「きみさ、貧民街育ち? まあ、違うよね。品があるもんね。でもさ、お金はほしいでしょ?」

　眼に隈のある男が、絡むような口調でそう言った。

「お兄さん。いろいろ教えてくれて、本当にありがとうございました」

私は、その男は無視することにして、強面の男の方にお辞儀して、礼を述べた。

本当に感謝している。私にとって、仕事を助けてくれる情報提供者は、だれもがみんな天使だ。地べたを這いずりまわっている天使だ。

「ああ。もういいから、さっさと行けよ」

強面の男は、後ろの男から私をさえぎるような位置に立って、しっ、しっ、と手で追い払う真似をした。

「お兄さん。最後にひとつだけ、いいですか」

「あ？　なんだよ」

「別の仕事に就いた方がいいですよ」

それだけ言い残して、私は子どもっぽい駈け足で、その事務所から走り去った。

地図に示された地点は、またしても廃ビルだった。

私は老婆の姿に戻り、そのビルの前に立った。廃虚だらけの寂れた街の、おびただしく遍在する人気のない一角の、ありふれた廃ビル。

私は鞄から拳銃を取り出して、懐に忍ばせた。念のための用心だ。

一階の入口をくぐった。ガラスや瓦礫をまたぎながら、巡回員のように探索していく。

階段をのぼる。二階、三階、四階、と進んでいったところで、上階から気配を感じた。物音が聞こえる。私は五階への階段をのぼった。

やはり音が聞こえる。慎重にそちらへ近づいていく。角を曲がると、広い空間に出た。そこには段ボールを敷いた寝床があり、その上に人がうずくまっていた。周辺にはペットボトルや空き瓶が散らばっていた。

「う……う……う……」

すすり泣いているような低い声。わたしはゆっくりと彼との距離を詰めた。

「大丈夫ですか？」

私は声をかけた。はじかれたように、彼はこちらを振り向いた。苦しみに悶えるように、顔を歪めている。よく見ると、手にナイフを持っている。危険な徴候だ。

「……だ、だれ？　誰？」

「探偵です。あなたの母親からの依頼で、あなたを助けに来ました」

「……俺を……助けに……？」

「ええ。あなたは助けを求めていたのでしょう？」

彼は虚ろな眼でこちらを見た。鏡の向こうの世界にいるような眼だった。

「……もう、遅い……。だれも、俺を助けようがないんだ。無駄なんだ。他人には、どうしようもない……」

「それはわかりませんよ。あなたはなぜ、失踪したのですか？」

「俺じゃない……。俺は、嫌だったんだ。俺は、望んでなんかいなかったんだ。でも、奴が来るから、そうせざるを得なかった。俺の意思なんて、関係なかった。自分で死のうかとも思ったけど、できなかった。結局、奴の思うがままだ。俺は殺される……」

「奴とは、何者なのですか？」

「……奴は」

彼は口を開き、そして、そのまま硬直した。わなわなと震え、瞳孔が開いていく。

「奴が来る、奴が来る、奴が来る！」

彼は床をのたうちまわり、叫びだした。断末魔のような痛みに満ちた声だった。叫びは廃墟にこだまし、苦しみのハーモニーを奏でた。その音楽の中で、彼は悶えつづけていた。

叫び声のピッチが、だんだん高くなってか細くなり、こだまと一瞬の混声合唱を織り成して、消えた。じたばたともがき続けていた身体の動きも、止まった。

葬儀のような沈黙。死の静寂だ。

ふたたび顔をあげた時、彼はもう彼ではなかった。彼女だった。

「……ふう。やっと、完全に殺すことができた」

彼女はゆらりと立ち上がった。艶やかな、妙齢の女性の顔だち。胸はふくらみ、腰つきは変化し、さっきまで男性だったはずの肉体が、女性のそれへと変態していた。

「侵食性交代人格……」

彼も、メタモルフォーゼ疾患をわずらっていたのか。

「彼を、内側から喰いやぶったのね」

「……へえ。よくわかってるのね。あなた、物知り婆さんなの？」

彼女はくすくすと笑った。

「ま、そんなことどうでもいいじゃない。あなた、探偵とか言ってたわね。でも、もうあなたの探していた男は死んだわよ」

「人格はそうかもね。だけど、あなたが依頼人の子どもである事実は、変わらないから。連れ戻させてもらうわ」

「そんなのごめんよ。私、あの母親が嫌いなの。せっかく自由になれたんだから、見逃してよ」

「そうはいかないね」

「お節介ばばあ。余計なお世話よ。どうせしょうもない世の中の、どうせしょうもない老い先でしょ？　あなた、なにが哀しくて、探偵なんかやってるわけ？」

「すべて汝の手に堪うることは、力を尽くしてこれを為せ」

「……はあ？」

意味がわからない、というように、彼女は眼をぱちくりさせた。

「生きてるうちにやれることがあるなら、やっておいた方がいいってことよ」

「……あっそ。ま、どうでもいいけどね。どいてな、クソばばあ」

彼女はナイフを振りまわしながら、こちらに向かってきた。

稚拙な威嚇だ。切りつけるためというより、私をひるませ、そのまま走り抜けて逃げるつもりだろう。

私はそれを避け、足払いをかけた。彼女はぶざまにすっ転んだ。手元のナイフを蹴り飛ばし、上半身を片足で踏みつけ、拳銃を構えて彼女に突きつけた。

荒事は嫌いだが、それなりの護身術は私も身につけている。

「………ろ、老人にしては機敏なのね。驚いたわ。でも、まさか、撃ったりはしないわよね……？　あなたは私を探していたんだから……」

彼女の声は震えていた。私は意地の悪い衝動にかられた。

「さて、どうしようかしら。私が探していたのは彼であって、あなたではないわ。あなたは、彼を殺した殺人犯であるわけだし。射殺にも、ひとにぎりの正義はあるかもね」

「殺人犯？　私が？　馬鹿なこと言わないでよ、おばあさん。私と彼は別人でもあり、同一人物でもあるのよ。他人はだれも殺してないじゃない」

「自分を殺すのは大罪よ。罪なき自死とは違ってね。それに、ひとつ言っておきたいんだけど」

ごりっ、と私は銃口を彼女の額に押しつけた。

「私、まだ二十五歳なの」


多少の荒療治は伴ったが、私は彼女を捕らえることができた。依頼を果たしたといえるのかどうかは、よくわからないが。

「息子は、無事なんですか」

私は依頼人の家を訪ねて、とりあえずの報告をすることにしたのだが、上手い説明が浮かばず、不明瞭な応答しかできなかった。

「さあ、どうですかね。とりあえず、病院に連れていきました。失踪中に負った軽傷を治療して、病の後遺症を調べています。見張りがついているので、逃げることはないと思いますが」

もし逃げたとしたら、次は違う探偵に頼んでほしい。あんな女を探すのは、まったくもって気が乗らない。

「病……ですか？」

「それについては、本人に直接きいてください。私は息子さんを助けられませんでしたが、お子さんを連れ戻すことはできました。成功といえるかどうかは、あなたの判断に任せます。納得されたなら、成功報酬をお願いします」

　はあ、と依頼人は気のない返事をした。よくわかっていないのだろう。わかってしまったら、非難されるだろうか。助けられなかった彼に対しては悔いが残っているので、非難は甘んじて受けようと思う。

「では、また後日、事務所の方で。すみません、今日はちょっと用事があるので、失礼させてもらいます」

　私は依頼人の家をそそくさと辞去した。やれやれ、今回もどっと疲れたが、とにかく仕事はひとまず終わりだ。


「あ、チホちゃん！」

「久しぶり！」

　私は十二歳の少女になって、先日お菓子をくれた女の子の家に遊びに行った。

「このあいだはクッキーをありがとう。とっても美味しかった」

「ホント？　よかった、ちゃんと食べてくれたんだ。おばあさんが忘れちゃったら、どうしようって思ってた」

「あはは、おばあちゃんは、まだまだ頭はしっかりしてるから、大丈夫だよ」

「今日は、ケーキを作ってみようと思ってるんだけど。よかったら、チホちゃんも手伝ってくれない？」

「うん、いいよ」

そんな会話を玄関先で交わしていると、その子の妹とその友達が庭からやってきて、「チホちゃんだ！」と叫んで、抱きついてきた。そのまま庭まで引っ張っていかれて、縄跳びを一緒に跳んだり、ままごとをしたり、ブランコを押してあげたりして、私たちは気の向くままに遊んだ。

子どもの遊びは、ひたすらに無意味で、ひたすらに楽しい。無駄の塊だ。

私は、子どもの遊びよりも価値がある行為なんて、この世にはないと思っている。

それが、二十五年間生きてきて得た結論だった。

この街で人々が為している数々の行いのなかで、子どもの遊びよりも尊いものが、どこにあるというのだろう。

三十歳まで生きられたら奇跡です、と私の担当医師は言った。なるほど。この妙ちくりんな病気は、順調に私の寿命を削っているらしい。それならそれで、私はできる限りの時間を、私が価値あるものだと認めた行為に捧げたい。

だから私は、老婆であり、大人であり、二十五歳の成人女性であっても、時おりはこうして少女に還り、思う存分に遊ぶのだ。

その後もケーキ作りをしながらきゃあきゃあ騒ぎ、やがて日が暮れたので、私は名残惜しくもその子たちに別れを告げて、探偵事務所の方へと戻っていった。

静かな夜だ。生きているという事実が不可思議に思えるほど、ゆっくりと瞑想的に時間が流れていく。そして、私は家に帰りもせずに、事務所のソファーに座って、目の前のコーヒーを眺めていた。

夜空のように奥深い水面（みなも）だ。その小世界に、白いミルクを一筋たらす。漆黒の闇夜に、ゆらめく渦状星雲が生まれ、世界が鮮やかに色づき、命が宿る。カップの中のプラネタリウムは、いつもながらに壮観だ。

私は、世界そのもののようなコーヒーを眺めながら、このまましばらくは飲まずにおいて、なにごとかを想うのも悪くないなと、そんな気持ちになっていた。もうしばらくは、このまま見ていたい。

無神経な伯母の言葉を借りるなら、私の人生は、チェスや将棋でいうところの、詰み（チェックメイト）にあたるのだろう。私見によれば、日に日に退廃していく、この社会も、また。

でも、終わりから眺める風景も、けっして捨てたものではない。静止した黄昏のような、そこでしか見出だせない美しさも、この世にはある。あの禍々しい赤い雪が、信じられないほど透きとおって見えたのと、同じように。

せっかく上機嫌な夜なのだから、私はいまのうちに、この理不尽な世界を許そうと思う。腐っていく人々を許そうと思う。もちろん、私が許そうが許すまいが、世界は理不尽でありつづけるだろうし、人々は腐りつづけるだろう。だからこれは、単なる一夜限りの自己満足だ。

しかしとにかくも、今夜の私は、目の前のコーヒーによって満足している。私の人生は、なにひとつ残すことなく、だれに記憶されることもない、無意味で短いものかもしれないが、私は私なりの在り方で、たしかにこの世に存在したのだ。

この上機嫌が消えてしまう前に、熱いコーヒーが冷えてしまう前に、今夜の祈りを済ませておこう。

私と関わりのあった人たちに、幸いあれ。私と関わりのなかった人たちに、幸いあれ。私の生きる世界に、幸いあれ。私の死んだ後の世界に、幸いあれ。

私にいつか訪れる死が、どうか、一杯のコーヒーのような安らぎでありますように。

私の死に、幸いあれ。

終末バードウォッチング

弟が、小さな背丈をせいいっぱい伸ばして、丘のふもとを見つめている。

「兄ちゃん！　バスだ！」

「見えてるよ」

ぼくと弟は、それまでえっちらおっちら上ってきた方とは反対側の斜面を下り、丘のふもとで横転しているバスのところまでやってきた。

横倒しになったバスは、窓はあらかた割れ砕け、ところどころがひしゃげ、塗装が剥がれ落ち、弾痕が残り、喰い荒らされた象の死骸みたいな有り様だった。だいぶ薄れてはいるが、血の跡もついている。

「襲われたのかな」

「まあ、そんなところだろうな。おい、ガラスを踏まないように気をつけろよ」

弟は、ぼくの忠告など無視して、子犬のように興味深げに嗅ぎまわっている。

バスが襲撃されてから、すでにそれなりの歳月が経ったようで、胸の悪くなるような、悪臭を放つ死体は見当たらない。とっくに回収されたか、喰われたかしたのだろう。

弟がポケットから出したロザリオを握り、祈り始めた。

「……空に還った魂の、安からんことを……」

風に消え入るような弟のささやき。

「そんなことしてたら、きりがないぞ。この世のいたるところで人は死んでいるんだから」

「いいじゃん別に。祈るの、好きなんだ」

屈託なく弟は言う。まあ、それも悪くはないか。甲斐はなくても、好きなら仕方がない。弟の自由だ。祈りを止められるいわれはない。

ロザリオは、聖母への祈りのために使うものだと、施設の教官はそう言っていた。でも、弟は単なるお気に入りのお守りとして、なんでもかんでも祈るときに握りしめている。ビー玉と同じくらいに、十字架が好きなのだ。空を鳥のように飛べますように、なんて、子どもっぽい夢もたびたび祈っている。

近くで、瓦礫の崩れる音がした。ぼくは反射的に、懐から銃を抜いた。教官の机の、鍵のかかった引き出しからくすねてきた、小ぶりだが重みのある拳銃だ。

猫だった。図鑑や記録映像で見たことがある、四足歩行のこまっしゃくれた顔をした動物だ。その猫が、瓦礫の陰からのたのたと出てきて立ち止まり、じっとこちらを見つめている。

「兄ちゃん、汚染されても、猫はまだ生き残っているの？」

弟の眼は猫に釘付けになっている。

「いいや、絶滅したはずだ。だからまあ、こいつは造られた存在だ。猫のまがい物だよ」

「ふうん」

弟は近づいて、猫の尾を握り、ぶら下げてためつすがめつ眺めた。つぶらな瞳の猫は、無抵抗だった。

「本当だ。お腹にシリアルナンバーが刻まれてる。でも、なんだかかわいらしい生き物だね。猫、猫、猫。どうしておまえは猫なんだろう？　どうしておまえは逃げないの？　どうしておまえは鳴かないの？　おまえには、母親はいないのかい？」

「造り主しかいないさ」

弟は、そっと猫を地面に下ろした。猫は、またのたのたと歩き出した。

「どこへ行くのかな、この猫は」

「さあな。当てなんて、なんにもないだろ。鳥に喰われるか、朽ち果てるまで、さまようだけだ」

「ふうん……ぼくたちは、どこへ行くんだろう」

「東だよ。忘れたのか？」

「そういう意味じゃないけど……。東、か。そこに母さんはいるのかな？」

「きっとどこかにいるはずさ」

猫は、瓦礫の陰にまた消えてしまった。

　ぼくと弟は、東へ向けて、ただただ歩いていた。日が出ずる方へ、黎明の生誕地へ、生き残りの集落があるはずの東へと。

　施設からの追手には、まだ出くわしていない。でも、きっと背後から執念く迫っているはずだ。教官は、脱走したぼくたちを、けして許さないだろう。

「もう施設には戻らないの？」

　歩きながら、弟が問いかける。

「戻って、どうなる？　きっと外の記憶はすべて消されるよ。それだけで、済むかどうか。いちど脱走したおれたちは、もう危険分子だ。おれもおまえも、引き離されて、お互いのことさえ思い出せなくなる。それでもいいのか？」

　弟は空をあおいだ。廃墟と廃墟のあいだから、日差しが降りそそいでいる。

「逃げてよかったのかな？　施設って、そんなに悪いところだったのかな？」

　弟のつぶやきに、ぼくは苛立ちを覚えた。それは、ぼく自身の迷いでもあり、後悔でもあるからだ。それでも、ぼくらは決めたのだ。鳥籠で朽ちるのはまっぴらだと。格子のない世界へ羽ばたくのだと。

「おまえだって、うなずいたじゃないか。外に出たいって。鳥を見てみたいんだろ？　それに、おれたちの母さんも」

弟は聞いていなかった。うずくまり、なにか嗅ぎまわっている。

「兄ちゃん。焚き火の跡だ」

見ると、たしかに火の痕跡がある。まだ新しい。

「だれか、ここで休んでたってことだな」

「人かな？」

「人じゃなきゃ、火は焚かない」

空は翳り、日も暮れ方だった。ぼくと弟は、休息をとっただれかの真似をして、一夜をここで過ごすことにした。


「兄ちゃん、兄ちゃん」

ささやきながら、弟はぼくを揺り起こした。闇は深く、風は静かで、夜は井戸のような暗さだった。星は見えない。

「追手か？」

ぼくは傍らに置いた武器に手をのばした。銃のごつごつした感触が、毛布のように不安をやわらげる。

「見てよ、あの光……」

弟の指し示す方を見る。果てない闇の襞の向こう側、遠くかすかに、空へ昇っていく仄青い光が見えた。巻き戻されていく流星のように、夜空に落下していくような、天使みたいな軽さの光跡。ひとつ消えたかと思うと、またひとつ。間歇的に、間を置いて、空へと次々に吸い込まれていく。

「鳥だよ。間違いない。あれこそが、鳥の霊光なんだ」

　ぼくは知識をもとにして、実際に見たのは初めてのその光景を、よく知っているかのような口振りで、弟に紹介した。

　弟は、手許でロザリオをいじくりながら、魅せられたようにうっとりと眺めていた。その表情を目にすると、ぼくはなぜだか、近親の自瀆を目撃したような、ばつの悪い思いを味わわされた。

　夜は長くても、永遠ではない。その束の間の長夜の闇に、シグナルのように青はまたたき、ぼくと弟は黙ったまま飽かず眺めて、丹念に記憶を塗りたくっていた。文献で読んだ蛍狩りのように、覚めたまま見る夢のように。

　しばらくして、またたきは止んだ。闇は動かなくなった。ぼくと弟の前には、相も変わらず、底深い夜が横たわっていた。

　泥地に、足跡があった。東へと向かっているようだ。人のほとんどは死に絶えたはずなので、痕跡は目につきやすい。ぼくと弟は、なにかを期待するようにして、そのた。

ぼくがそう言っても、弟は急くように歩を進めていく。熱に浮かされたようだっ

「気が早すぎるよ。焦ることはないさ」

「きっと、集落の住人だね。ぼくたちの母さんのことも、知っているかな」

跡を辿った。

墓標のような塔が林立する市街に差しかかった。

空は今日も晴れ模様で、酸性雨が降る気配はない。いい日和だ。ピクニックの記録映像を思い出す。あるいは桜を愛でる花見。ぼくと弟の行く手につづくのは、荒れ果てた、立ち枯れの景色ばかりではあるが。

「……なにか、聞こえる」

弟が立ち止まった。ぼくも耳をすます。たしかに、聞こえる。くぐもった、かすれるような、呪文のような囀(さえず)り。這いずる足音。

ぼくは弟の腕を引っ張り、壁に突っ込んでひしゃげたままになっている、大型トラックの陰に隠れた。

口許に人差し指を立てて、息を潜めるよう弟に指示すると、物陰から音の方向を覗き見た。

全身が毛むくじゃらで、羽根に覆われて、爛れた眼が深海魚じみた顔についてい

る、黒白まだらで、異形のずんぐりした巨体が、ずりずりと這うように進んで、斜めに傾いた信号機のそばを通り過ぎていく。

「……鳥だ」

ぼくは小声でつぶやき、弟は目を見開いていた。

あれが、人類とその隣人たる動物を喰い荒らした、凶悪無比の害鳥だ。滅びの媒介者。写真、記録映像、風刺画などで見た、おなじみの姿。実際にお目にかかったのは初めてなのに、あまり感慨はなかった。

昼間の鳥は、そばに寄ってはならない。彼らは血をすする猛禽だから。

その鳥が遠ざかっていくのをやり過ごしてから、ぼくと弟は東への歩みを再開した。

「なんだか気持ち悪いね」

鳥に憧れているはずの弟が、そう口にした。

「でも、見たかったんだろ?」

「けど……あんなの、鳥じゃないよ。飛ばない鳥なんて、鳥じゃない。夜の鳥だけが、鳥なんだ」

弟はそう断ずる。弟は、空を飛ぶことを夢みているのだ。死んだ魂もみんな、空に安らっていると信じている。

「じゃあ、昼間の鳥はなんだっていうんだよ」

からかうようにぼくは言った。

「まがい物だよ。ぜんぶ嘘っぱちの、偽物なんだ。からっぽなんだ、どうせ」

弟の声は平板そのもので、人生に疲れた老人のようだった。

藪を踏みしめた跡を辿ると、断崖に穿たれた暗い横穴へとつづいていた。よく見ると、赤い血が点々とたれている。

「怪我をしているのかな」

「………」

ぼくは黙ったまま進んだ。嫌な予感がする。血の跡は、おびただしい。明らかに軽傷ではない。

洞穴（ほらあな）を進む。奥から、かすかに明かりが見える。ランプが灯されているようだ。

ほどなくして、行き止まりに突き当たった。壁に、男がうなだれるようにして寄りかかっていた。服はところどころ裂けて、息づかいが荒い。腕で押さえた脇腹から血が流れつづけている。ランプの光に照らされて、滴（したた）りが赤く映えていた。

「大丈夫ですか？」

弟が、心配そうに声をかけた。

男は、反射的とみえる動作で、腹を押さえていない方の腕をあげた。銃が握られている。ぼくもそれにつられるようにして、拳銃を構えていた。

「……なんだ、おまえら。子ども……。子どもが、こんなところに？　なんでおまえら、生きているんだ？」

「おれたちは、施設から来たんだ」

弟は、銃を向けられて怯えたように、ロザリオを握ったまま固まっているので、ぼくがそう答えた。

「施設……」

男は、放心したように銃を下ろした。しかしぼくは警戒したまま、そのまま銃口を相手に向けていた。

「大丈夫ですか？」

弟がもういちど同じことを言った。だが、男はそれも無視して、うつろな表情をしばらく浮かべていたが、不意に、歯をむき出して笑った。

「そうか、そうか。おまえらも、まがい物の坊っちゃん嬢ちゃんのお仲間ってわけだ。まったく、ご苦労なことだな。悪趣味で残酷な、無駄なあがきだ。人間もこの世界も、もう終わりだ。とどのつまり、結局なんだったんだろう、この人類って生き物は……」

男は笑いつづけながらも、苦しげに身をよじり、ぶつぶつとつぶやいた。

「……おれたちは、まがい物なんかじゃない」

ぼくは、引き金にかけた指に力が入るのを自制しながら、なんとかそう答えた。

「おれたちは、東を目指してずっと歩いてきた。希望の地が、そこにはあるって。生き残りの集落が、そこにはあるんだろう？」

ぼくの言葉を聞いて、男はなおも、狂ったように、けたたましく笑った。

「生き残り？　生き残りね……。だとしたら、どうするんだ？　お仲間にでも入るつもりか？　おまえらはまったく、笑わせてくれるよ……。さっさと自分たちの巣に帰れ、寝ぼけた孤児どもが」

「母さんが、そこにはいるはずなんだ。だから、ぼくと兄ちゃんは……」

男は血を吐いた。それでいて、いっそう激しく、とめどなく笑った。男がすでに死に憑かれているのは、その顔色からも、もう明らかだった。

「母さん？　兄ちゃん？　おまえらは、あの施設で、いったいどんなおとぎ話を刷り込まれているんだ？　愉快な人間ごっこだな。とんだままごと学校だ。おまえらに肉親なんて、いるわけないだろ。希望の地、だって？　なるほどね。お望みなら、希望とやらを、自分たちの眼で確かめてみろ。目的地はすぐそこだ。おまえらのいう集落が、そこには広がっているだろうよ」

男はそこまでまくしたててから、ごほごほと咳き込んだ。糸が切れたように表情が消え、心細げに唇が震えていた。

「……なあ、頼む。鳥に喰い荒らされたくは、ないんだ。俺が死んだら、俺を燃やしてくれないか……」

男はそう言って、黙りこんだ。

「人間と世界は、終わりなのですか？」

弟は、さっき男が口にした言葉に、疑問を呈した。

男は三度（みたび）、弟の言葉を無視した。もう、死んでいた。

男の希望どおり、死体はその場で荼毘（だび）に付した。燃やすのに必要なものは、男の荷物に含まれていた。

洞穴から煙と異臭がただよってくるのを、少し離れた場所で振り返ったときに、弟はロザリオを手にして、眼をつむり、祈りを捧げた。

あの男の魂は、空を嫌っているようだった。だからかはわからないが、弟は弔いの言葉は口にせず、黙ったまま祈っていた。

ひどく気づまりな沈黙だった。

男の言ったとおり、希望の地はほどなくして見つかった。つづら折りの道をひたすらのぼっていくと、断崖の上から遥かに、見下ろすことができた。

集落は、人の集落ではなかった。小規模な住居や教会や墓地のあいだに、人影はなかった。ただ、黒く白く巨大な鳥たちが、おびただしく群れて、這いずりまわっていた。ここはもう、鳥の巣と化しているようだった。

「母さんなんて、やっぱりいなかったんだね。希望の地も……」

弟がぽつりと言った。

「死にかかった人間の言うことなんて、真に受けるなよ。ここが終わりだなんて、どうしてわかる？　もっと東に行けば……」

「もう、疲れたよ。もうぼくは、これ以上すすみたくなんてない」

弟は諦めたようにそう言った。

「……じゃあ、施設に戻るのか？」

弟は、ぼくの問いに直接は答えなかった。

「神の子でさえ母親はいたのに、ぼくたちにはいないんだ」

そう口にしただけだった。

ぼくと弟は、それまでの旅路を引き返し始めた。ひどく疲れたと、弟が繰り返し訴えるので、岩陰で休息を取ることにした。腰を下ろすと、ぼくにも疲れがおおいかぶさってきた。いつのまにか、うたた寝してしまうほどに。

目が覚めると、空はもう夕暮れに染まり始めていた。眠ったのかと、ぼくは起き抜けの癖として、傍らの拳銃に手をのばして、その感触をたしかめた。

銃は変わらずにそこにあった。しかし、いつも一緒であるはずの、ぼくの弟がいなかった。

ぼくは弟の名前を呼びながら、うろうろとその辺を歩きまわった。返事はなく、姿も見えない。なんど叫んでも、応える者はいなかった。

この旅のなかで、そんなことは初めてだった。

ほくは、予感に導かれるようにして、つづら折りの道をかけのぼった。二人でのぼった時よりも、ひどく長い道のりに感じた。

断崖の上にたどり着いた。ぼくと弟の、幻滅の地。

そこに、弟が肌身離さず持ち歩いていた、弟の大切なお守りが、残されていた。

ぼくはそれを見て、力が一気に抜けるように、へなへなとその場にくずおれてしまった。

弟は、ぼくを見棄てたのだ。共に歩き、親しく話し、同じ景色を見てきたぼくの弟は、施設でも施設の外でもずっと一緒だったぼくの弟は、いま、ぼくを見棄てて、先にいってしまったのだ。

ぼくは、それでも這うようにしてそこに近づき、断崖から身を乗り出して、下方に眼を向けた。

地獄の底よりも遥か遠くに見える下の地に、弟の身体が広がっていた。弟は、ためらいなく、勢いをつけて跳躍したようだった。その甲斐もあってか、鳥ならぬ弟の身は、重力の御手のなすがまま、見事に死におおせていた。

弟の亡骸からにじんだ、青い血。造られた存在であることを証し立てるような、その青い血を眺めながら、ぼくは、ああ、とも、うう、ともつかぬ、意味のない音を喉から絞り出すだけで、ただぼんやりしていた。

しばらくすると、集落の鳥たちが、ようやく弟の死に気づいたというような様子で、弟の方へと這いずっていく。

ぼくは、拳銃を手にして、遥か下方の鳥たちに向けた。でも、こんな射程距離外から撃ったって、届くことはないだろう。それに、鳥たちに刃向かう気概など、もはや失せていた。

鳥たちが、弟の死に群がり、その亡骸を啄み始めた。ぼくはそれでも、ぼんやりとしたままだった。崖の上から、弟の鳥葬をただ見守るだけだった。

やがて日が暮れ、夜の帳が下りた。空が闇に塞がれた。

鳥たちはみな、各々うずくまり、動きを止めた。その身ぶりは、まるで急に神を思い出して、祈り始めたかのようだった。

静止と沈黙の長い時間が過ぎて、やがて鳥たちの身に、青い光がたまり始めた。光は異形の鳥の内側からあふれでて、頭上に集束し、羽を広げた鳥の姿が形づくられていく。

かつての人類が知っていた、空を翔る、美しい鳥。そして、青い光で造られた鳥は、地を這う鳥を離れ、空へと旅立っていく。

霊光現象と呼ばれる、害鳥からの空への捧げ物。夜空に放たれる青い鳥。謎に満ちた、滅びが生んだ絶景のひとつ。

異端者の説によれば、それは、罪の贖いだという。生ける者の罪を天に運ぶ聖霊が、あの青い鳥なのだという。

そんなことは、ぼくにはどうでもよかった。ただ――弟は、空を飛びたがっていた。空に還りたがっていた。

弟の亡骸を喰らったあの鳥たちの霊光は、弟の血を、弟の魂を、空へと運んでくれたのだろうか。弟は、空を飛べたのだろうか。

かつての希望の地で、ぼくはそんな子どもじみた夢を抱いて、流星群を観測するように、青い鳥たちの、天への渡りを眺めていた。

施設から脱走した実験体二名、パウロとルカは、補給もなしに、長大な距離を踏破していた。ようやく発見されたときには、すでに両名とも事切れていた。ルカの残骸は鳥の巣から近い崖下で、パウロの死体は、その崖の上で、自ら頭を撃ち抜いていた。

報告を受けながら、教官と呼ばれる女性は、ため息をついた。脱走した実験体のその末路は、ありふれている。つい先日も、三名の実験体（すべて少女）が、手を互いにつなぐように縛りつけたまま、首を吊って命を絶っていた。

——なぜ、絶望と死が待つだけなのに、彼らは管理を逃れたがるのだろう……。外に出たがるのだろう……。おとぎ話を信じて、主に祈りを捧げながら、閉ざされた日々をやり過ごせば、死ぬことなんてないのに……。

教官は、子を不憫に思う母親のように、胸を痛めた。

報告者は、頭を撃ち抜いたパウロが、死後もなおこんなものを握りしめていたと言って、教官の机の上にそれを置いた。

青い血のこびりついた、ロザリオだった。

線の見えない子ども

夕暮れの帰り道を、母親と息子はふたりで歩いていた。パレードのような息子の足取り。葬列のような母親の足取り。

「母さん、ぼくは幽霊を見たんだ。ぼくと同じくらいの子どもで、ぼくと同じくらい虫が好きな幽霊。友達になったんだ。あの世は楽しいのってきいたら、楽しいけど虫がいない、だって。じゃあぼくは死にたくないな、って言ったら、でもきみも死ぬよ、だって。笑っちゃうよね。なんて賢い子だろう。そうなんだ、ぼくも死ぬんだ。父さんと同じようにぼくも死ぬんだ。ねえ、母さん、ぼくはいつ死ぬんだろう？」

「さあ。わたしにはわからないわ」

息子は、母親の返事を聞いていなかった。歩道と車道の境界をなすブロックの上に、蝶の死骸が落ちていた。息子は小さな死に魅せられてうずくまった。

「おまえは死ぬときになんだってぼくを呼んでくれなかったんだい？　意地悪なやつだな。ねえ、母さん、きっとぼくの死体には、たくさんの蝶がとまってくれるはずだよ。ぼくの閉じた瞼（まぶた）に鱗粉（りんぷん）をかけて、盛大に祝ってくれるんだ。そしたらぼくは花に生まれ変わって、お礼にいっぱい蜜をあげるんだ」

「わたしは、透（とおる）に死んでほしくないな」

息子はそれも聞いていなかった。立ち上がると、ふらふらと境界を越えて車道に入ろうとする。

「危ないよ」

母親は、息子の手をとり、歩道へと引っ張った。自動車が音をたてて通りすぎる。母親が手をとらなければ息子を殺していたかもしれないいかめしい機械が、車道という定められたルートを走り去っていく。

母親と息子は、ふたたび歩き始める。

「透、いつも言っているじゃない。車が通る道に出たらダメ。歩く人はこっちの道を歩き、車はあっちの道を走るの。そのあいだの線を、越えてはダメなのよ。それがルールなのよ」

ようやく息子は母親の言葉を耳に入れた。

「よくわかんないや。線なんて、どこにもないのに」

「道路の白い線が見えないの」

「白い線は見えるよ、もちろん。あたりまえじゃないか。そうだ、母さん、ぼく、視力検査で満点とったよ。全部すっかり見えたんだ。それでね、視力検査のときに使う黒いスプーンみたいなやつが、とてもすべすべしていたから、虫のお墓に使おうと思って、ポケットに入れたんだ。そしたら、返しなさいって大人が言うから、返してほしかったらここまでおいでって、ぼくが鬼ごっこを始めると、何人も集まって、遊んでくれたんだよ」

「知ってるわ。そのことで母さんは、怒られたんだから」

　息子はまたも聞いていなかった。空を流れる雲があまりに綺麗だったのだ。雲は黄昏の色彩に染められて、息子の眼には、血しぶきをあげながら墜ちていく龍の群れのように見えた。

「母さん、空が泣いてるよ。とっても赤い涙だね。なんだかぼくも泣きたくなってくる」

「透、こっちを見なさい」

　息子はうながされるまま、素直に母親の方へ顔を向けた。

「この世にあるもののほとんどは、あなたのものではないのよ。人のものを取ってはダメだし、他の人と一緒に使うものを、自分だけで独り占めにしてはダメ。あなただって、自分のものを勝手に取られたら嫌でしょう?」

「ぼくのものを取りたいなら、好きにすればいいさ。それでその子が楽しいなら別にいいし、それでぼくが困るなら、取り返すだけだよ。それに、そんなに欲しいなら、一緒に使って遊べばいいじゃないか。みんなはなんであんなにおとなしくしていられるんだろう」

「遊んでいい時間と、遊んではいけない時間があるの。遊んではいけない時間は、おとなしくしているものなのよ」

「母さんって不思議なことを言うね。遊んじゃいけない時間なんて、あるわけないじゃないか」

「あるのよ」

夕暮れの帰り道を歩く母親と息子のふたりは、横断歩道の前で足をとめた。いや、息子はそのまま進もうとしたのだが、母親が手を引っ張り、制止したのだ。

「透、信号が見えないの。いまは赤。止まらなければならないの」

「そうか、だから、夕方の空は止まっているんだね。太陽が向こうから赤く叫んでいるから。でも、じゃあ、なんで夜はいつのまにか来てしまうんだろう」

「わたしが話しているのは信号機のことよ。太陽も空も関係ないわ」

息子はそれも聞かずに、横断歩道を見つめていた。歩くもののために用意された懸け橋。白い線が、進むべき道を規定している。

「母さん、なんでここを渡らなくちゃならないの？」

「そういうルールだからよ」

その言葉は、意識の焦点が定まらないような、気が散ってばかりの息子にも、なんとか届いたようだった。しばし黙って、そのことについて考えている。

「やっぱり、よくわかんないや。線なんて、どこにもないのに」

息子の呟きを耳にしながら、母親は眼を閉じる。自分だけの暗闇の中で、息子に見えるもの、息子に見えないものについて思う。

息子はルールを上手く飲み込めない。ものを見るための視力に不足はないのに、社会のいたるところに引かれた、普通の人間なら、普通の子どもなら、当然のように理解できる秩序を保つための線を、見ることができない。

息子はどこにいてもずれていた。息子はだれといても食い違った。息子は境界をことごとく侵犯した。息子は線をことごとく無視した。


——残念ながら、ここではお子さんを受け入れることはできません。


何度も告げられたその言葉を、母親はいまもまた思い出す。瞼の裏の闇が、いちだんと深くなったように感じた。

「透」

母親は眼を閉じたまま、闇に閉ざされたまま、静かにその名を呼ぶ。

「なに、母さん」

息子の声の夢見るような響き。つないだままの手の温もり。世界に裏切られることなど想像もしていないような、無防備な魂。

「幸せになりなさいよ」

そう言って、母親は眼を開いた。

信号はもう青だった。進め、とルールが母子を急き立てていた。

夕暮れの帰り道を、母親と息子はふたりで歩いていた。ピクニックのような息子の華やぎ。巡礼のような母親の祈り。

硝子少女

――身を砕くなる夕まぐれ、心の色はおのづから――

謡曲『野宮』より

生まれた子を見て、母親はたいそう驚いた。硝子なのである。身体が透けていた。

「病気――ですか？」

「先天性玻璃状構造体児童。突然変異による硝子生命体です。お腹のなかで砕けなかったのは僥倖でした。そういったケースでは、母体も無事では済みません」

産衣にくるまれた赤ん坊は、病室の光を反射して、眼を刺すようにきらめいていた。赤子らしい小さな体躯が、透明な輪郭を形づくっている。これでは目鼻立ちもよくわからない。ひどく無愛想な硝子の赤ん坊。

「これ……生きられるんでしょうか？」

母親は無意識に、目の前のわが子を〝これ〟と呼んでしまった。人間というより、珍妙な器物に思えた。なにかの悪い冗談みたいだ。

母親の言葉を咎めるでもなく、医師は答えた。

「ええ。硝子とはいえ、生きていることに変わりはありません。ただし、くれぐれも扱いには気をつけてくださいよ。見かけどおり、繊細なお子さんですから」

にっこりと医師は笑った。

「元気な女の子です。傷ものになっては大変だ」

医師の冗談は、まったく笑えなかった。

彼女は鏡を眺める。自分の顔が映っている。透明な硝子の無表情。その顔に、顔の映った鏡が映りこんで、反復された、歪んだ鏡像が見える。鏡に映った硝子に映った鏡に映った歪んだわたし……。その先をたどりつづければ、わたしは硝子ではないわたしの顔を、いつかどこかで見つけられるだろうか。

彼女は鏡から眼を離す。いつまで見つづけても、硝子の顔は、湖面のように冷たく無表情だと、わかっているからだ。

彼女は顔を洗い（顔を磨き）、髪を梳かし（髪を削り）、制服に着替えて、身支度を整えた。

「行ってきます」

母親に声をかけて、通りすぎる。

「朝ごはんは？」

気遣うような問い。こわれものに触れるような。

「いらない」

「そう」

言葉少なな母子のやり取り。硝子の娘は、いまだにこの母から生まれたと信じられない。母は母で、いまだにこの娘を生んだと信じられない。愛がないというわけではは、ないけれど。組成が違いすぎる。

彼女は家を出た。学校に向かう。行きたくもないが。

電車に乗った。相変わらず、周りの乗客から物珍しげにじろじろと見られる。いつも通学しているのだから、いいかげんにやめてほしい。少しは見慣れて無視してほしい。硝子のくせに、人間のふりか？　いつもそんな風に、視線に問われているような気がする。

以前、車内で痴漢にあったことがある。後ろ姿と制服だけで、よくわからなかったのだろう。ぶしつけに触られて、振り返って睨みつけたら、悲鳴をあげられた。のっぺらぼうに会ったような、甲高い悲鳴。屈辱だった。そんなに怖いなら、死ねと思った。叫びたいのはこちらの方だ。いつだって、叫びたかった。硝子が砕けるほど耳障りな叫び声で。

学校に着く。廊下を歩く。人間、人間、人間。顔を持った、肉を持った、透けていない人間たち。すれ違う。後ろから、小声でなされる会話。聞こえてしまった。

「いつ見ても不気味ね」

教室に着く。顔だけは見知っているクラスメイトたち。内面は知るよしもないクラスメイトたち。いまだに、名前をよく覚えられない。覚える気もない。どうせ、違う存在だ。そんなところも、反感を買うのだろう。彼女は疎まれていた。

孤立は幼年のころからおなじみだ。特に、学校という集落に放り込まれた後は。

「この子は普通の子とは違います。傷つきやすい硝子なのです。だから、みんなでいたわって、優しくしてあげましょうね」

おせっかいな教師はそう言った。小学生と呼ばれる人間の子どもたちは、にこにこ笑って、はい、とお行儀よく返事した。そうしてにこにこ笑ったまま、彼女を裏でいじめにいじめた。

数人の男の子たちから無理やり服を脱がされて、囃し立てられた。

「本当だ、身体中が透明だ。おまえ、本当にニンゲンかよ？」

おまえたちがニンゲンなら、わたしはニンゲンになんかなりたくないと、こころの中で毒づいたところで、虚しさが晴れるわけでもない。

金槌で指を叩き割られたこともある。教師に後で叱られたその女の子は、本人の言によれば、「硝子なら、割れるのかな、と思って」、確かめてみたくなったそうだ。お望みどおり、指はしっかりとひび割れた。しかし数日経つと、新品の指のようにぴかぴかに復元した。「よかったじゃん」と加害者の女の子は笑った。その笑いが、いまも忘れられない。あんな笑顔を浮かべるくらいなら、わたしは顔なんていらなかった。

成長すると、あからさまな悪意にさらされることは、以前より少なくなったとはいえるかもしれない。高校生ともなれば、嫌悪を隠す作法も少しは上達する。人権教育の賜物だろうか。単にませただけか。きらきら光るものに引き寄せられる、子どもっぽい好奇の習性を、恥じるようになるのかもしれない。もっとも、遠巻きにこちらを探るような視線は、絶えることはない。学校という空間は、彼女にとっては、相変わらず真っ白な無人島だ。他者は、曇りをもたらすノイズでしかない。学校を出たところで、同じようなものではあったが。

授業が始まる。学校で唯一、気が休まる時間だ。勉強が好きなわけではないが、野放しの時間よりはマシだった。授業が始まりさえすれば、奔放な生徒たちも、厩舎につながれた家畜に似るしかない。硝子の彼女もまた、熱心な奴隷のように、せっせとノートに書き取りをする。

なぜ自分はここにいるのだろう、と、ペンを動かす透明な手をとめて、彼女はふと思う。答えはない。物心ついた時から、幾度となく問うてきたが、答えなどなかった。なぜ自分は透明な硝子なのだろう、と問うても、同じことだ。ただ、二つ目の疑問は、普通の人間に生まれさえすれば、抱かずに済んだ余計な疑問だ。自分の存在自体が、余計に思えた。

チャイムが鳴った。授業は終わった。また、気詰まりな時間がやってくる。ぬるい煉獄のような。

「あなたって、とても綺麗ね」

保健委員の少女は、まじまじとこちらを見つめて、そんな賛辞を口にした。硝子の彼女は、戸惑うばかりだった。

体育の授業中にぼうっとしていた彼女は、グラウンドで急に走り出した時に、足をくじいてしまった。落としたグラスを心配するように、教師は仰々しく騒ぎ立て、保健室へ連れていくように命じた。ひとりで大丈夫です、と断ったが、保健委員の少女がついてきた。肩を貸すよ、と再三申し入れてきたので、仕方なく応じた。連れ立って歩き、校舎へ向かった。

養護教諭の姿は見えなかった。保健室のベッドに勝手に横になり、彼女は眼を閉じた。大したケガでもないが、サボれるのはありがたい。体育は嫌いだった。座学とは違い、まったく好きになれない授業だからだ。回し車で走りつづけるハムスターのような、みじめな気分だけが残る。とはいえ、口実をもうけて見学していると、「硝子にも生理ってあるのかな」とクスクス笑われたのが聞こえたので、できるだけ参加するようにはしている。

彼女は負けず嫌いで強情だった。危ういほどに。

ふと眼を開けると、保健委員はまだベッドの近くに立っていた。そうして、彼女と眼を合わせながら、意味のわからない妄言を口走ったのだ。

「……キレイ？　わたしが？」

「うん、とても綺麗。どっかのお姫様みたい。うらましいな——」

彼女は保健委員の言葉に、一瞬、虚をつかれた。それから、ふつふつと怒りがこみ上げてきた。彼女は身を起こした。

「……バカにしたいなら、好きなだけバカにすればいいけれど。他のところでやって。ケガしたときくらい、ゆっくり休ませてよ」

彼女は保健委員の少女を睨みながら、棘のある言葉を放った。また外敵か、とうんざりしたような口ぶりで。

「ううん、違うのよ。気にさわったなら、ごめんなさい。でも本当に、いつもあなたを見るたびに思うのよ。なんていうかな——。凛としてる、っていうかさ。透明で、澄んでいて、綺麗だな、って。硝子だから、ってわけじゃなくて、さ。それとは関係ないの。まあ、あたしなんかは、肌荒れとかニキビもあるし、硝子もいいな、とか、正直、思ったりもするんだけど、さ」

保健委員は彼女の怒りに気づいているのかいないのか、アハハ、などと笑いながら、なおも腹立たしい言葉を吐きつづける。硝子もいいな——だと？　硝子の彼女が、いままでどれほどこの身体を憎んできたことか、どれほど粉々にしてやりたいと望んできたことか、眠れない夜に幾度吐きそうになって消えたくなったことか。

　もちろんそんなことは、彼女以外にはだれも知らない。だれにも伝わらない——。

「……だったら、代わってみろよ。硝子の身体で、生まれてみろよ。顔のないまま、生きてみろよ。なにも……なにも、知らないくせに——」

　うめくように、ぼそぼそと、彼女はつぶやいた。泣きたいくらいの気持ちだった。小学生のとき以来、人前で泣いたことなどないが。彼女をなぶる人間たちは、彼女が泣き出すとますます増長し、つけあがった。だから、二度と泣かないと決めたのだ。たとえ殺されようとも、弱みを見せたくなかった。彼女は世界を絶対に許さないし、彼女をなぶった他人を許さない。だから、泣かないと決めたのだ。

「——ごめんなさい。怒らせちゃったみたいね。あたし、どうも空気が読めないっていうか、無神経なところがあるみたいで、さ。自分ではよくわからないんだけど。でも、あなたが綺麗だと思うのは、本当なの。って、それがむかつく、っていま言われたのよね？　ごめんなさい、ホント、ごめんなさい。でもね……って、ダメだ、また言いそうになっちゃった、ごめんね」

　保健委員は、ひとりで焦ったり謝ったりあたふたしながら、なおも勝手にしゃべり続けている。とはいえ、本人の言うとおり、悪意はないようだった。彼女は毒気を抜かれてしまった。

「……まあいいけど。もう、戻ったら？　わたしは大丈夫だから。どうせ、大したケガじゃないし」

「うーん、ここにいちゃダメ？　あたし、体育って苦手なんだ。付き添いってことなら、サボってもオッケーかなー、って。だから、ついてきたってのもあるんだけどね。せっかく先生もいないことだし、さ。お話しでもして、時間つぶそうよ」

彼女の返事も待たずに、保健委員は椅子をベッドの傍らに持ってきて座った。そうだ、せっかくだし、と思い出したようにつぶやき、また立ち上がって、保健室に置いてある冷蔵庫に向かった。

「身体動かして疲れちゃったし、お茶タイムお茶タイム。ちょうど、麦茶があるみたい。麦茶でいいよね？　あたしも、麦茶好きだし」

言って、またしても返事を待たず、二人分のコップに麦茶を注ぎ始めた。保健委員の少女は、どうも、マイペースなところがあるようだ。少しばかり、変わった人間だった。

「はい、どうぞ」

保健委員は彼女にコップを差し出した。ありがとう、と言って、彼女はそれを受け取った。かすかに、二人の指先が触れた。

「——あれ？　ちょっと、いいかな？」

保健委員は、コップを持っていない方の手を、彼女の、これまたコップを持っていない方の手へのばし、ぎゅっ、と握った。彼女は、唐突に触れられて、ちぢこまる猫のように内心でおののいた。硝子のコップが揺れて、琥珀色の液体が震えた。

「うわっ、冷たい！　すごく冷たい！　えっ、大丈夫？　なんか、あなたの手、すごく冷たいよ？」

保健委員は、眼を丸くして、本気で驚いている。透明な彼女の握られた手が、保健委員の手の温もりで、白く色づいた。

「……別に、いつもこんなものだけど」

硝子だから、と彼女はつけ加えた。

「そっか、体温低いんだ。末端冷え症ってやつ？」

納得したように保健委員は言って、握った手を、ぱっと離した。

「でもさ、どこかで聞いたことがあるよ。身体が冷たい人は、こころが温かいんだって。ということは、あなたって、優しい人ってことだよね。あれ？　でも、そうなると、あたしって、身体はけっこう温かいんだよね。ということは……」

うーん、などと保健委員は悩み始めて、ずずっ、と麦茶をすすった。

彼女は、保健委員の手が離れた後も、依然として落ち着かなかった。胸が高鳴ったままだった。

保健委員は、放っておいても、ひとりでしゃべり続けていた。彼女はそれを聞きながら、そう、とうなずいたり、へえ、と相槌を打つだけだ。保健委員は、彼女の返答などお構いなしだった。会話とは言えても、対話とは呼べなかった。

それでも、不思議と不快感はなかった。これは驚くべきことだった。彼女は、他人とのコミュニケーションに、いつも居心地の悪さしか感じたことがなかった。いつだって、彼女は人間に怯えていたし、いつだって、人間は彼女を物珍しがった。硝子の彼女は緊張で言葉少なになり、硝子ではない人間は表情のうかがえない彼女を不審がった。そこにはいつも、こわばった時間、ぎこちない時間だけが流れた。

保健委員とは、そうはならなかった。なぜかはわからない。同じクラスでも、これまでは、ろくに話したこともなかったのに。とはいえ、ろくに話したことがないのは、他のどの人間でも同じだが。学校であれ、家庭であれ、硝子の彼女のまともな話し相手など、この世には存在しなかった。これまでは。

やがて時も過ぎ、チャイムが鳴った。養護教諭は、けっきょく保健室に戻ってこなかった。

「あー、終わったか。最後までサボれて、ラッキーだったね。って、これじゃあ、あなたがケガしてよかったって言ってるみたいか……ごめんね」

「ううん、それは別にいいんだけど……」

彼女は、この時間が終わるのが、少しだけ残念だった。こころ残りだった。そう思って、そう思ってしまったことに気づいて、彼女は愕然とした。

わたしは、どうしたというのだろう。硝子でしかないわたしが。人間でしかない相手と。ほんのひととき、和やかに話したというだけで。

「あ、そうだ。それで、ものは相談なんだけど、さ。あたしさ、昼休みに、いつも一緒にご飯食べてた相手がいるんだけど。そいつ、いま入院しちゃっててさ。よかったら、今度から一緒にお昼たべない？」

保健委員は、ついでのように、最後にそんな提案を口にした。

硝子の彼女は、断りきれなかった。


屋上の風は澄んでいた。さわやかで涼やかで少し寂しい。空は広々。雲は軽々。羽根に手が届きそうな真昼時。

「外で食べた方がおいしいのは、なぜだと思う？」

隣に座る保健委員が、箸で卵焼きをつまみながらそう問う。

「さあ。なぜなの？」

「あたしも知らない」

ぱくりと食べる、咀嚼する。呑み込んでからまた喋る。

「ひとつ言えるのは、どこで食べるかは極めて重要ってことね」

それに、だれと一緒に食べるかも、と硝子の彼女は付け加える。口にはしなかった。言っても言わなくても同じかもしれない。保健委員は、あまり人の話を聞かないところがあるから。

いい場所があるんだ、と初めて昼食を一緒にした日、保健委員はこの屋上へと案内してくれた。扉には鍵がかかっていたが、柱の陰にあるよくわからないスペース、その暗がりにあるよくわからない小窓から、身をよじって、なんとか外に出ることができた。保健委員も、食事を共にする相手から教わったらしい。

「ここは静かだからね。あたし、ざわざわしたところで食べるの、苦手なんだ」

彼女にとっても、それはありがたかった。食事時かどうかに関わらず、彼女は喧噪が苦手だった。人が多い場所はすべて居心地が悪かった。疎ましい視線、耳障りな声、募る隔絶感。人が多ければ多いほど、彼女の砂漠は広がっていった。

「いつもパンなのね。飽きないの？」

彼女が惣菜パンを鳥のように啄んでいるのを、保健委員は不思議そうに見つめる。

「あまり、食べることに興味がないから」

その言葉どおり、彼女は食事に好みや不満を持たなかった。必要ということになっているから食べるだけ、という感覚だった。

硝子生命体の食事風景は、好事家の興味をそそるらしい。どんなふうに嚥下して、どんなふうに消化しているのか。いかなる構造で成り立っているのか。トイレにカメラを仕掛けられそうになったこともある。そんな諸々も、彼女が食という行為を愛せない理由の一端かもしれない。胃の内容物が透けて見えないのは、不幸中の幸いだった。

そんな彼女が、いまは昼食の時間をひたすらに待ち望んでいる。この二週間ほど、彼女はそれだけを楽しみに日々を過ごしていた。それだけが生き甲斐だった。期待に胸が躍るなんて、生まれて初めてのことだった。

「ふうん。あたしは無理だなー、毎日おなじものなんて。飽きっぽいんだよね、あたしって。ピアノもバレエも結局つづかなかったし……」

保健委員は、今日も相変わらず小鳥のように、幸せそうにさえずりつづけている。その声に耳を傾けているだけで、彼女も幸福だった。内容なんてどうでもよかった。とはいえ、どんなにたわいのない話でも、彼女は記憶に大切に刻みつけ、後で何度も反芻した。

恋をしている、と彼女が自覚したのはいつだったか。なぜ保健委員にこんなにも惹かれるのか。そんなことは、どうでもいいことかもしれない。考えたところで、わかるものでもなかった。

ただ、保健委員は彼女をことさらに特別視しなかった。興味本位の質問も時おりはあったが、硝子の彼女に好奇心を抱いたというより、本当に、当座の話し相手が欲しかっただけのようだった。それは単に、ずぼらと無神経が少々ないまぜになった性格によるものかもしれないが、彼女にとっては居心地がよかった。他人の前で安らかな気持ちになれるなんて、いままで思ってもみなかった。

「あーあ、空って本当に綺麗ね」

それまでの話題とは関係なく、保健委員が伸びをしながら、出し抜けに言った。

「青い空。白い雲。これで太陽が赤ければ、フランス国旗の完成ってとこね。でも、太陽って別に赤くは見えないよね？　絵に描くときは、クレヨンで赤く塗ったりしてたけど。緑色の信号を青って言うくらい、詐欺の匂いを感じちゃうな」

「夕日は、赤いじゃない」

「夕日？　まあ、たしかにね。でもそれだと青が台無し。フランス国旗は完成しないわ。画竜点睛を欠くってやつね。ま、完成しなくても、別にいいけど、さ。そうそう、竜といえば、あたし、夕焼け雲って、血まみれの竜みたいに見えるんだよね――」

保健委員は、彼女の返答も待たず、ひとりで気のおもむくままをしゃべりつづけている。のどかだった。保健委員に言われると、たしかに空は綺麗に思えた。いつでもそれは頭上にあったのに、いま、初めて見つけたという気さえした。

青い空。白い雲。それらを背景に、二羽の鳥が寄り添うように飛んでいた。つがいだろうか。

比翼の鳥、連理の枝。そんな故事成語を、彼女はなんとはなしに思い浮かべた。それはたしか、もともとは中国の詩の言葉だ。仲睦まじいふたりを表す、羽根のついた言葉。

——わたしと彼女も、つがいになれたらな。

硝子の少女は、空と鳥を眼に映しながら、想い人の声を耳で聴きながら、激しい恋情を胸に抱きながら、そんな儚い白日夢を夢みていた。

「最近、なんだか楽しそうね。いいことでもあった？」

晩の食卓で母親にそう言われて、彼女は意外の感があった。いいことは、あった。楽しいという感情は、あった。しかし、それを近親に見抜かれるとは、思っていなかった。

——わたしの表情が読めるというのだろうか。硝子でもないこの人に？　顔のないわたしの表情が……。

彼女と母親の距離は、遠かった。冷たく扱われたわけではない。特異な体質を蔑まれたわけでもない。それでも、ふたりのあいだには、薄い氷が常に張られていた。彼女は、母親からの愛を実感できなかった。母親も、娘への愛に自信を持てなかった。表情のない透明な表情を、徴候のない透明な感情を、読みとれるほどでは、あったというのに。

だから、彼女はいつもどおり、言葉少なに答えるだけだった。

「別に」

そして、母娘の食卓には、いつもどおりの気づまりな沈黙。箸と食器のたてる音が、やけに耳についた。

「最後って……？」

寝耳に水だった。時がひび割れる音がした。

「──え？」

「うん。入院してたやつが、月曜からやっと戻ってくるみたいで、さ。そうなると、また一緒にご飯を食べるってことになるだろうしね。ありがとね、いままで付き合ってもらって、さ。あたし、自分勝手にべらべらしゃべってばかりで、呆れたでしょ？ごめんね、今日までの辛抱だから」

昼休み、学校の屋上、青い空の下。保健委員は、唐突に終わりを告げた。いともあっさりとしたものだった。

「呆れるなんて……そんな……」

彼女は、平静を装おうとした。が、無理だった。声が、震えた。胸が、裂けるようだった。頭の奥が熱くなった。耳鳴りがした。

保健委員は、そんな彼女の様子に気づかなかった。動揺したところで、硝子の彼女に表情はない。保健委員は、母親とは違った。そうだ、明らかなことだった。保健委員は、硝子の彼女にさして関心があるわけではなかった。とりとめのない話を聞いてくれる相手が欲しかっただけだ。そんなことは、最初からわかっていたことだ。彼女の異質性を気にかけないほどに。保健委員はマイペースな人間なのだから。

「あたし、人ごみは嫌いなくせに、ひとりで食べるのは退屈で、さ。どうしても、話し相手がいるんだよね。だから、すごく助かった。いろいろ我慢させちゃったんじゃない？　あなたは、黙って食事する方が好きだろうから。前にも言ったけど、あたしって、どっか無神経なところがあるらしいから、さ。こんど退院してくるやつにも、散々そんなこと言われたんだよね」

一緒に昼食を食べないとしても、会えなくなってしまうわけではない。それでも、昼休みの屋上以外では、彼女と保健委員は特に親しく言葉を交わすわけでもなかった。朝や放課後は、保健委員は別のクラスメイトと和やかに過ごしていた。彼女には、そこに近づく勇気はなかった。変になれなれしくして、保健委員にまで白い目が向けられるのは嫌だった。だから、昼休みをのぞけば、彼女は相変わらずひとりで、相変わらず孤立していた。まるで、他人と楽しく過ごした時間など、夢でしかなかったというように。

——そんな夢すらも、わたしには許されないのか。

「……嫌だ」

「え?」

「これで最後なんて、嫌だ」

駄々っ子のように、彼女は言ってしまった。どうしようもなかった。

保健委員は、眉根を寄せた。その困ったような視線が、嫌だった。そんな眼を向けてほしくなかった。わたしの呟きなんて意に介さず、しゃべりつづけてほしかった。

でも、保健委員はぴたりと黙って、言葉のない風が鳴っていた。

言うな、言うな、言うな。気持ち悪い。気持ち悪い存在のわたしが、気持ち悪いことを言おうとしている。困らせるな。大切な相手を、困らせるな。言うな、言うな、言うな。口にするな。

「わたし、あなたのことが好き」

言ってしまった。どうしようもなかった。堰が破れていた。

保健委員は、明らかに戸惑っていた。

「……もちろん、あたしも好きよ。こんなに話せて、ありがたかった。そんな相手ってなかなかいないのよ。あたし、気さくとかフランクとか、そんなふうに思われてるかもしれないけど、実はそうとも言い切れなくて――」

「違うの」

彼女は初めて、保健委員の話を遮った。

「違うの――そういう意味じゃ、ないの。わたし、本当に、あなたが好きなの」

じっ、と彼女は顔のない顔で、保健委員を見つめた。睨むようだった。

保健委員は、相手の想いを少しばかりは察したようだった。糸の切れた人形のような表情が浮かんだ。

「ありがとう」

そう言って、保健委員は残念そうに口許を歪めた。

「でも、あたしは、普通に男の人が好きなのよ」

拒絶された。面と向かってはっきりと。普通。

彼女は、生まれた時から普通ではなかった。身体が透けているという、その事実だけで、普通ではあり得なかった。その事実を、保健委員は気にせずにいてくれた。ただ、同性を好きになってしまったという、それだけの些細な事実によって、彼女は、保健委員にとっても、普通ではなくなってしまった。

「そう」

彼女の外面は、氷像のように冷たく固まった。彼女の内面では、いま、なにかが砕けようとしていた。

「ごめんね」

保健委員は、屋上から立ち去った。彼女は後に残って、チャイムが鳴るまでその場にじっとしていた。

月曜日。昼休み。彼女は、そっと階段をのぼり、小窓から屋上をのぞいてみた。保健委員が座っていた。いつものように、弁当を箸でつついていた。その隣に、彼女はもういない。代わりにいるのは、男だった。

つがいの鳥のように、仲睦まじく、ふたりは笑っていた。

「…………」

彼女はゆっくりと歩き去った。パンを食べる気にはなれなかった。なにをする気にもなれなかった。

火曜日。空気の抜けた風船のように彼女は過ごした。

水曜日。皮膚を剝がれた鹿のように彼女は過ごした。

木曜日。音の出ないラジオのように彼女は過ごした。

保健委員は、教室や廊下で彼女とすれ違っても、目を合わせようとしなかった。声をかけようともしなかった。要するに、以前と同じだった。それまで通りだった。ひとときの夢が、消えたというだけだ。

毎晩、眠れなかった。夜が終わらず、頭がおかしくなりそうだった。ろくに食べてもいないのに、吐き気がおさまらなかった。胸を刺されたわけでもないのに、痛みが芯に響いてえぐれた。夜は長かった。異常なまでに長かった。光など、どこにも見えなかった。


不眠の夜が明け、十三日の金曜日。俗説によれば、神の子が磔刑に処されたとも言われる、剣呑な日。

放課後だった。彼女は、屋上に立っていた。保健委員はいない。だれもいない。彼女のそれまでの世界そのままに、ひとりで立っていた。

夕暮れだった。景色が赤かった。空は赤く、雲も赤かった。フランス国旗も、血まみれの竜も見えなかった。ただ赤かった。

彼女は泣いていた。泣くものかと、自分自身に祈るように誓ったはずの彼女が、いま、脆さをさらけ出すように泣いていた。

硝子の表面を滴がつたい、透明な感情の液体と、透明な玻璃状の肉体が、夕日に照らされ、プリズムのような輝きを放っていた。

それが、彼女の痛みの色だった。

孤独を生涯の友としてきた彼女が、初めて他人を切実に求め、初めて狂おしく恋をし、初めて痛ましく破綻した。クラスメイトのすべてから忌み嫌われ、しつこくなぶられたときも、彼女は平気だった。彼女は他人が心底嫌いだったから。他人はすべて敵だったから。痛みは外側にとどまったから。

すべて敵だと断じる性急さは、短絡的で余裕のない、彼女なりの防衛機制だった。自身を守護する外殻だった。自身を隔離する防壁だった。そんなふうにしか、生きられなかった。

いま、痛みは内側から彼女を苛んだ。敵とはどうしても思えない、近くに寄り添いたいと願った、唯一の相手。その相手からも、拒まれてしまったという現実。幸福だった記憶が浮かぶたびに、痛みは鋭さを増していった。埋められない喪失感が棘となって、彼女を襲った。そんなことくらいで、と嗤われるような脆弱さだとしても、彼女には耐えられなかった。

――わたしの一番目の罪は、この世に生まれたことだ。二番目の罪は、人並みに他人を求めたことだ。三番目の罪は、これからやろうとしていることだ。

彼女は赤い空をあおぎ、羽根を持つ者が過ぎ去っていくのを眺めた。かつて憧れた、空を横切るつがいの記憶。

夕暮れだった。鳥は塒（ねぐら）に還る時間だった。


遺骸は、粉々に砕けていた。しおれたように制服が地に伏し、周辺にかけらが散らばっていた。血なまぐさくなくて助かる、と片づけながらだれかが言った。この高さでここまで砕けるのはおかしい、とだれかが言った。そもそも硝子が生きていたのがおかしい、とだれかが笑った。

物珍しい投身者は、無関係な他人にもことしげく話題にされ、そして、すぐに忘れられた。所詮は他人の死だからだ。

だが、疑問は残る。彼女は本当に死んだのだろうか。

硝子が生きるのが可能ならば、砕けたかけらがもういちど人になる可能性も、ゼロとは言いきれないだろう。人間は、たとえこころが砕けても、立ち直れないほど粉々になっても、それでも生きようとする、奇妙な生物だ。たとえ死を願い、死に焦がれ、死を求めても、なにかのはずみで生きつづけてしまう、いいかげんでずぼらな、愉快な生物だ。砕けて粉々になったはずのこころが、つぎはぎだらけでもまた生き始め、もういちど恋をし、もういちど笑うこともある、不屈の生物だ。死んでしまったはずの彼女にも、夢をみられない道理はない。

硝子がふたたび人になるならば。だれかがそれを伝えなければ。

ホログラムと少年

少年は夜空を見上げたが、星の観測の作法を知らなかったので、おおぐま座、こぐま座という、彼の最愛の動物の名を冠した星座がどこに見出せるのか、皆目見当もつかなかった。

崩れ果て、朽ち果てた高層ビルたちのあいだに風が吹き、ガラスの破片の落ちる音がした。そしてまた、静寂。動くものたちの気配はない。

外套の長い裾を引きずって、少年は再び歩き始めた。

手にしたブリキの缶を軽く振ると、からからと中にある宝石たちが音を立て、少年は思わず破顔した。今日の収穫物は特段の苦労もなく手に入れることができたのだ。

〝熊は、すばらしい生き物だよ〟

少年は、彼を造ったエイン・シェルドン博士の言葉をまた思い出した。そうして、もういちど空を見上げる。やはり相変わらず、星の並びが熊に見えることとなんてない。

なぜ博士は、熊が好きだったのだろう。生きているうちにもっと訊いておけばよかった。

辺りに漂う放射能にまみれながら、少年はエイン博士のことを懐かしく思い出す。博士がふとした時に洩らしたその言葉の影響で、少年は熊が好きになったのだ。だから、今日もいつもの場所に赴いて、熊に会おうと決めている。

さて、その前に――

少年は、ここ最近に塒としている集合住宅へ向けて、ブリキの缶を持ちながらてくてくと、廃墟の建ち並ぶ街を歩いていった。

人間の死に絶えた理由もその過程も、少年は正確には知らない。少年には、高度な解析能力や状況把握は期待されていなかった。ただぼんやりと、うすぼんやりと日々を過ごすという、猫のように気ままなアンドロイド。ある部分では、合理を追求した機械よりもはるかに造ることの難航した、エイン博士の完全なる道楽の産物。

なにか慌ただしくなってきたな、と少年が思っているうちに、人々は次々に死んでゆき、景色はどんどん荒れ果てていった。

白血病ウイルスの変異種、というものがその滅亡に一役買ったことは知っている。エイン博士がそのウイルスについて語っていたからだ。しかし、そのウイルスがどんなものなのか、それがどんな風に滅亡のきっかけとなったのか、少年はまったく知らなかったし、博士の言う、変異誘起がどうの、という話もさっぱりわからなかった。

もっと簡単に説明してもらおうにも、博士はもうこの世にいない。自分の頭を銃で撃ち抜いて、死んでしまったのだ。そして、少年にとって興味を持てる人間はエイン博士だけだったから、もしもどこかにまだ生き残りがいたとしても、少年は関心を抱けない。少年にとって、人類はもう終わった生物だ。恐竜のように、化石や残骸だけの存在だ。そしていまではもう、大半の生物が恐竜と同じ道をたどった。

エイン博士が死に、人間の姿を見かけなくなってから、どれだけの時が経ったかも、少年は覚えていない。とても長いということだけはわかるが、少年にとってはどうでもいいことだ。太陽光と水とスクラップさえあるなら、少年の営む日々に差し障りはない。

エイン博士はビデオゲームを好んでいた。特に、仮想の世界を自由に歩きまわれるゲームを好んでいた。開発者の設定したクリア条件を満たし、プレイヤーのやるべきことがなくなってからも、遊びつづけていた。むしろ、クリアする前よりも、その後の方が、プレイ時間は長かった。

〝ゲームも現実も同じだよ。目的を失ってから眺めるときが、いちばん美しい〟

博士のその言葉を、少年はよく覚えている。優先して保存し、メモリーから削除しようとしない。終わった世界を気ままに歩き、死に絶えた風景を眺めることに飽きないのは、そんな博士の言動が影響しているのかもしれない。

少年以外にも知性を持つアンドロイドたちはいたが、彼らは少年よりももっと頭がいいか、もっと人間に依存しているかのどちらかだった。前者はどこか遠くへ行ってしまい、後者は人間の後を追った。理由はどうあれ、少年は自分と同じような機械に出会うことも稀だった。

　そして、そのことに対しても、少年は関心を抱かない。孤独感も感じない。目下のところ、彼が胸を躍らせて会いに行くのは、熊だけである。


　その迷宮のように入り組んでいて巨大な廃墟、ナウマン象の共同墓地のような、ビルを寄せ集めた集合住宅は、看板に残された文字情報によると、九龍城（くーろんじょう）という城砦を模して造られたらしい。その名前の由来も、もとの建造物がどんなものだったかも知らないが、なるほど、たしかに、龍の住処（すみか）のような建物だ、と少年は思った。

　もっとも、少年がここを塒（ねぐら）として長いが、いまだに龍とは出会えていない。

　人間の滅んだその時節、もっぱらの流行りだったのは、歴史上の文物や事件の再現にひた走ることだった。

　文化に新たな潮流は生まれ得ず、停滞を解決する見通しも立たず、人間は現在から逃避するように、過去の遺産を食い潰すことに狂奔していた。過去を掘り起こすことは、いずれは未来の創造につながるはずだ——歴史を知る有識者は、再現された模造品の趣味の悪さには閉口しながらも、そう期待して待ちつづけ、そうして、待ちくたびれているうちに死んでしまった。

　ふんふんふーん……

上機嫌な鼻歌を奏でながら、少年はその集合住宅の一室、窓も割れ、壁紙も敷物も剝がれ、歳月の爪痕がそこかしこに見られる部屋で、ブリキ缶から今日の彼の戦利品、彼の宝石――色とりどりのビー玉を取り出した。

その煇きを一目みてわかったのだ。きっとこれは、遊びに使う玩具に違いないと。

少年は、玩具を集めることを趣味としていた。太陽光と水とスクラップが絶えない限りは、ライフワークとして続けようとも思っている。

部屋には、少年の収集品が散らばっており、割れ窓から差し込む月の光が、そのささやかなコレクションを照らしていた。幻獣の絵が描かれたカード、可動域の広い少女人形、ひとりでに跳ねるボール、スイッチで変形する刃先の丸い短剣――龍をかたどるぬいぐるみもあり、テディベアと呼ばれていた壊れたロボットもあった。そこは遊びの小宇宙、少年の帝国だった。

この世界はもう終わっているのだから、少年には為すべきことなどなにもなかった。残されたものを使って、時の果てまでただただ遊び続けるだけだ。そして少年は、そんな日々にこれといった不満はない。

塒(ねぐら)を変えるときは、お気に入りをいくつか持ち出すこともあるが、たいていはその場に打ち捨てたままだ。せっかく集めたのに、というケチ臭さは少年とは無縁である。新しい場所に行くなら、また新しく集めればいい。どうせ時間はたっぷりあるし、やるべきことなど他にないのだから。

　少年はしばらく、床に転がったビー玉を弾いて遊んだ。一人遊びに習熟した少年は、ゲーム性を高めるルールを自分で考え出し、床に塗料で陣を描いて、ビー玉の可能性を追求した。

　すっかり夜も更けたころ、少年は、まだ今日は熊に会っていないことを思い出した。そこで、ビー玉遊びは一旦取り止めることにして、部屋を出た。外套の裾を引きずり、迷宮のような廃墟を走り抜け、熊の待つ場所、少年が入り浸る施設へと向かった。


　夜闇に雪が降っている。雪の降る中に、少年は立っている。目の前には、内に囲炉裏の見える小屋。女性に男性、それに多くの子どもたち、合わせて十人ほどの人間が、火に当たっている。

　少年は外からその団欒（だんらん）を眺めている。もう少し経てばこの団欒が蹂躙（じゅうりん）されてしまうことを、少年は知っている。

　音のない闇夜の雪景色を、少年は見まわした。もともとは音声も設定されていたのかもしれないが、いまはもう失われてしまっている。景色だけが、無音で展開されていく。

やがて、少年のトーテムはのっそりと姿を現した。

神話上の巨人のような、規格外の図体をした、黒い影。遠目にも空気が震えるような、禍々しい死神のような影。熊だ。

少年は笑った。今夜もまた彼に会えた。たとえ一方的な片想いではあっても、そこには逢瀬のような心躍りがあった。

熊はのしのしと雪を踏みしめてこちらに向かってくる。少年は抱きとめるように腕を開いて待ち構えた。

熊は少年と真っ向から衝突し、そのまますり抜け、鼻をひくつかせながら、火影の揺らめく小屋へと近づいていった。

抱擁が空振りしても、少年は驚かなかった。これは熊の影であり、遺された夢でしかないのだから、少年に触れられる道理はない。それでも、アンドロイドの少年は、失恋の疼きをいつも感じる。その痛みは熊と出会うことで、少年が初めて知ったものだった。

熊は窓から小屋の中を覗き、膂力（りょりょく）を発揮して押し入り、黒い暴風となって人々に襲いかかった。為すすべなく人々は鬼気に晒された。取り乱してまろぶ者、物陰に隠れる者、足がすくんで動けない者。

熊は獲物をとらえ、慈悲もなくかぶりつく。

レーティングによるものなのか、流血表現は抑えられている。血も流さないままに喰われていく殺戮の光景は、音声がないことも相まって、ひどく抽象的だ。雪が溶けるみたいな死に方だな、と少年は思った。エイン博士が頭を撃ち抜いたときは、もっと赤い血が流れていた。

人々をなぶり、引き裂き、喰いちぎった熊は、やがて小屋を立ち去り、夜闇にまぎれてしまう。少年は名残惜しげに熊の後ろ姿を見送った。

いまの場面は、この幻燈のハイライトだ。場面は転換し、それに続くいくつかの情景。しかし結末は決まっている。

朝方の山頂、傷つき、木のそばで休息を取っている熊に、一発の銃弾が撃ち込まれ、真白い大地に黒褐色の巨体がくずおれる。

人間を殺し、蹂躙（じゅうりん）した鬼の、ひどく物静かな死に様。少年は、慕わしい影が死んでゆくのを、じっと見つめている。

結末を見届けると、世界に暗幕がかかったように少年を取り囲む景色は消失し、ひとときのあいだ暗闇に包まれた後、周囲はふたたび明るくなる。

そこは雪などひとかけらも見当たらない、だだっ広い無機質なホールだった。

少年の前には操作盤があり、空中に浮かんだディスプレイには、リプレイを促すアイコンが点灯している。操作盤に手を伸ばした少年は、リプレイは選ばずに、別の映像メニューにカーソルを合わせ、再生を実行させた。

また、しばしの暗転。そして周囲が明るくなると、少年は今度は船の上にいた。

人間を満載した、蜂の巣のような豪華客船。その甲板の上で、混乱と恐怖に駆られた人々が、右往左往していた。例によって音声は失われているので、人々が口にする怒号も、嘆きも、祈りも、少年には聞こえない。

本来は臨場感を持たせる揺れも伴っていたはずだが、音声同様、それもまた失われている。そのずれによる所為もあってか、映像のところどころに、虫食いのような空白がちらつく。人々が固唾を呑みながら船の揺れに翻弄されているというのに、ひとり平衡を保って突っ立っているのは、なにか申し訳ないような気さえした。

混乱の渦中にいる楽団が、なにかを耐えるような表情を浮かべて、一心不乱に演奏していた。おそらくは製作者が力点を置いて演出した場面でもあり、きっと感情に訴えかける音楽を奏でていることだろう。それを聴けないのはつくづく残念だと、少年は思った。

場面が転換し、少年はいつの間にか、すし詰めとなった救命ボートの上に座を占めており、沈んでいく客船を眺めている。

人類の滅亡という、世界規模の終末には及ばないかもしれないが、これもまた、ある文化圏での、惨憺(さんたん)たる滅亡の光景だった。

またも、暗転。明かりが戻ると、少年はホールにある操作盤をいじり、三度(みたび)、映像を再生し始める。

ふたたび少年は、怖(お)じ惑(まど)う群衆に取り囲まれていた。土砂が崩れ、地が裂け、家々が瓦解していく。ただ、その崩壊の真っ只中にあっても、肝心要(かんじんかなめ)の震動は体感できない。先ほど同様、本来はあったはずの揺れ動くスペクタクルは損なわれ、風景の端々にまたも虫食いのような空白。

ひしゃげた木造の家屋に巻き込まれて死んでいく人々は、もしかしたら少年にも無縁ではない姿かもしれない。熊に襲われたり、船の沈没に居合わせることは、これからもなさそうだが、たとえば少年が塒(ねぐら)としている廃墟がとつぜんに崩れ落ちてきたとしたら、少年は死ぬだろう。老いることのない少年にも、死の可能性は残されているのだ。

あちこちから火災の煙が立ち上り、瓦礫が積み重ねられ、その混乱の最中(さなか)、暴徒化した一部の人々の、リンチと呼ぶ他ない暴行なども、点景として配されていた。

やがてその映像も終わった。人々の影は消え、走馬燈のように流れていく夢は失われ、静寂を湛えたホールに、少年は相変わらずひとりだった。

やっぱり、熊のやつが一番ほころびが目立たないな、と少年はお気に入りを贔屓(ひいき)した感想を抱いた。

ホールの空中に浮かぶディスプレイには、いましがた少年の再生した映像の履歴が表示されている。

三毛別羆事件……タイタニック号沈没事故……関東大震災……。

少年のいるその場所は、二十世紀初頭に起きた死傷事件を展示している、玩具箱のようなホログラム施設だった。

過去を再現することに何事かを見出だそうとした時代の最後の徒花。死の博物館。その施設においては、なんらかの教訓や歴史考証よりも、死を娯楽化し、消費することに重点が置かれていた。そんな施設の有り様から、痛ましい惨事ではあっても、他の事件に比べれば犠牲者の少ない羆の事件が選ばれている理由も、たぶんに扇情的な意図からのものと推察された。

死者を冒瀆していると、非難の声を上げる者たちもいたが、客入りは上々で、往時はよく栄えたものだった。

しかし、死の幻燈を楽しんでいた上客たちも、製作者たちも、非難していた者たちも、いまではその再現された死者たち同様に、影と成り果ててしまった。

遺されたのは、夢に駆られた人間が未来に向けて投射した、過去の残像だけ。

破損して電源も落ちていた施設を、何年もかけて少年は修復し、ここまでの状態に持ち直させたのだ。

少年はカーソルを動かして、もういちど熊のホログラムを再生した。お気に入りの絵本を繰り返し読み聞かせてもらう子どものように、少年は胸躍らせて、過去との恋を育んだ。

ホログラム施設を後にし、少年は彼の塒（ねぐら）、龍の住処（すみか）へと、家路をたどった。少年は眠りを必要としない。とはいえ、塒（ねぐら）は、家は、巣穴は、必要なものだと少年は考えていた。それもまた、書斎と研究室にこもることの多かったエイン博士の影響なのかもしれない。

外套を引きずって歩きながら、少年は、書斎でエイン博士が、紙の本という、アナクロな情報媒体のページをめくっていた光景を思い出す。

〝Before me floats an image, man or shade,
Shade more than man, more image than a shade.〟

（私の前に一つの幻像が、人が、あるいは影が、漂う。人というよりむしろ影、影というよりむしろ幻像）

夢みるように、エイン博士はかすれた声で、そんな一節を唱えた。

それはなんですか、と少年は訊いてみた。

〝イェーツの詩だよ〟

そう答えて、エイン博士は先を続けた。

〝I call it death-in-life and life-in-death.〟

（私はこれを生の中の死、死の中の生と言う）

夜闇の道を歩きながら、少年は、幾度も繰り返し浮かんだ疑問を、今夜もまた思い浮かべた。エイン博士はなぜ、自ら死を選んだのだろう。

あらゆる人間は、雪崩を打つようにばたばたと彼岸へと旅立っていった。博士にも為す術はなかっただろうから、死んだこと自体は不思議ではない。ただ、博士は世界の終末を望んでいたはずだ。博士のその暗い秘密を、少年だけは知っていた。なぜ、残された時間いっぱいに終末の光景を見届けず、自ら幕を下ろしたのか。

しかしいまではなんとなく、少年にも博士の気持ちを少しだけ察することができる。ぼんやりとした少年にも、長い年月を過ごすあいだに、おぼろげながら自分なりの考えが浮かんだのだ。

きっと人間は、本当の終わりには耐えきれないものなのだろう。たとえそれが、エイン博士のような、絶望を抱えていた人間であっても。

少年は、エイン博士を愛してはいなかった。愛とはなんなのか、少年にはよくわからない。涙を流す機能を少年は備えていたが、必要性を感じたことはないし、博士の死に一滴の涙すら注ぐことはなかった。博士が自殺したときも、少年は止めようともしなかった。

　エイン博士は、まず少年に銃を向けた。凶器を構えたまま、少年の眼をのぞきこんだ。少年は無言で見返すばかりだ。銃を持つ博士の手が、震えていた。そして博士は首を振り、銃口を自分の頭に向け直した。

　長いとも短いともいえる時間が経った。博士がためらっているあいだも、少年はただ見つめていた。そのときに、もしも少年が止めていたとしたら、博士はあと少しだけ生き長らえていたのかもしれない。

　しかし現実には少年は言葉を発することもなく、やがてエイン博士は引金を引き、自らの命を絶った。

　エイン博士は人間を愛していなかったし、少年もエイン博士を愛してはいなかった。それでも、少年は博士の残像をその記憶から消すことはないだろうし、形見の外套が、すりきれて使い物にならなくなったとしても、継ぎをあてながらでも纏いつづけることだろう。

　廃墟の建ち並ぶ、死に絶えた世界を歩きながら、少年は夜空を見上げた。

　すると、星影がこころなしか鮮やかに見えて、そこに熊の輪郭をたどれるような気がした。おおぐま座、こぐま座――それがどこに見られるものなのか、少年は知らない。しかし、少年が勝手に星座を定め直したとしても、もう咎め立てする人間などいないのだから、別に構わないだろう。天の光はすべて星、そして、少年の見上げるところ、そこには必ず熊がいる。

　明日も、少年は熊に会いに行くだろう。あのようなホログラム施設は、この世界のあちこちにまだ残されているはずだ。玩具を集める旅のついでに、それらの復旧を目指すのも悪くない。そこにもまた、熊のようにすばらしいなにかが待つのかもしれない。

　人も熊もとうの昔に滅びたが、その残像はまだ遺されている。たとえ遺されたものを楽しむ者が、アンドロイドの少年ただひとりだけだとしても、そこに遊び、見つめ、思い出す観測者がいてくれるのならば、人間の文明も、あながち無意味なものではなかったのだろう。

　少年が熊に抱く感情は、もしかしたら愛なのかもしれない。人間は、熊に殺され、脅かされながらも、一方では熊を畏れ、愛した。死への恐怖がない少年なら、もっと容易く愛せるはずだ。そして、残像でしか知らない熊を、そんな風に愛することが出来るのならば。エイン博士の記憶を反芻しつづけることで、少年は、愛したかったただひとりの人間を、たしかに愛したと言えるようになれるのかもしれない。

　死んだ世界でもなお美しい夜空を眺めながら、少年は、人間と熊の死を悼んでいた。

著者プロフィール

神元 佑仁（こうもと ゆうじ）

1989年生まれ。福岡県出身。ネットで詩や小説を書いています。

放課後モノクローム

2021年１月15日　初版第１刷発行

著　者　神元 佑仁
発行者　瓜谷 綱延
発行所　株式会社文芸社
〒160-0022　東京都新宿区新宿1－10－1
電話　03-5369-3060（代表）
03-5369-2299（販売）

印　刷　株式会社文芸社
製本所　株式会社MOTOMURA

ISBN978-4-286-22140-3